KB062348

상위 0.001% 랭커의귀환 13

2024년 2월 14일 초판 1쇄 인쇄
2024년 2월 19일 초판 1쇄 발행

지은이 유우리
발행인 김관영

기획 이기헌 왕소현 임동관 박경무 강민구 조익현
책임편집 김홍식
마케팅지원 이원선

발행처 (주)로크미디어
출판등록 2003년 3월 24일
주소 서울시 마포구 마포대로 45 일진빌딩 6층
Tel (02)3273-5135 Fax (02)3273-5134
홈페이지 rokmedia.com E-mail rokmedia@empas.com

© 유우리, 2023

값 9,000원

ISBN 979-11-408-2111-2 (13권)
ISBN 979-11-408-0799-4 04810 (세트)

유우리 퓨전 판타지 장편소설

13

상위 0.001%
랭커의 귀환

CONTENTS

당신도 천외천이었으니까요

'일단 파랑이부터 꺼내야겠지.'

놈의 계획이 뭐든 우선순위는 그것이다.

강서준은 고개를 주억거리며 거대한 나무를 응시했다.

파랑이를 꺼낼 방법은 우선 저 나무로 가까이 다가가서 차츰 고민해 볼 생각이었다.

하지만 그때였다.

츠츠츠츳!

'이건⋯⋯.'

강서준은 거대한 나무로부터 솟구치는 무자비한 마력의 흐름을 읽을 수 있었다.

부지불식간에 다가온 그것은 이내 그의 온몸을 옭아매는

사슬처럼 변했고.

[당신은 '밀트의 사유지'에 무단으로 침범했습니다.]
['알 수 없는 힘'에 의해, 당신에게 제약이 강해집니다.]

강서준은 직감할 수 있었다.

'또 그건가.'

강서준은 빠르게 안셴부터 걷어차 사유지의 반경으로부터 벗어나게 했다.

"케, 케이 님!"

뒤이어 당황하는 안셴을 붙잡은 켈이 바람을 일으키며 빠르게 멀어졌다.

강서준은 그들을 향해 말했다.

"걱정 마요. 금방 돌아올."

하지만 더 말을 잇기도 전에 주변의 풍경이 변했다.

겨우 빠져나왔다고 생각했던 하얀 방.

밀트의 사유지.

"나가자마자 또 걸렸네."

강서준은 금세 돌아온 탈력감에 헛웃음을 지었다.

그리고 오른손의 반지를 내려다보며 제레브의 힘조차 빌릴 수 없다는 걸 깨달았다.

아니, 그뿐만이 아니다.

"이번엔 아이템 자체를 못 쓰게 만들어 놨네."

['밀트의 사유지'에서는 '아이템'의 사용이 제한됩니다.]

하지만 강서준은 씨익 웃으며 말했다.
"근데 내가 같은 수법에 또 당하겠나?"

<hr/>

"아아…… 케이 님이!"
안센은 부지불식간에 사라진 케이를 찾으며 그저 탄식을 흘릴 수밖에 없었다.
케이는 겨우 빠져나온 그곳으로 다시 갇히고야 만 것이다.
이제 어떡해야 하지?
안센이 무어라 더 입을 열기도 전에, 켈이 그의 입부터 틀어막았다.
"설마 거길 빠져나올 줄이야."
두둥실 허공에 나타난 남자는 초면이었지만, 그 정체는 바로 알 수 있었다.
이 던전의 주인이자, 현 상황의 원흉이라 할 만한 존재.
켈에 의하면 '전승인'이라 부르는 터무니없는 괴물.
'밀트.'

밀트는 짜증 섞인 얼굴로 지팡이를 이리저리 휘둘렀다.

"빌어먹을 케이 놈 때문에 시간만 더 걸리겠어. 괜히 3만 명이나 써먹었잖아?"

그는 지팡이를 허공으로 겨누더니 무어라 더 중얼거리기 시작했다.

케이가 사라진 방향으로 잠시 마력이 폭발적으로 뒤틀렸고, 무언가가 아로새겨지는 듯했다.

그리고 꽤 기운 빠진 목소리로 입을 열었다.

"이번엔 아이템까지 봉인했으니 또 빠져나올 일은 없겠지."

녀석이 다시 허공을 가로질러 거대한 나무 틈으로 들어갈 때까지, 안센은 아무 말도 꺼낼 수 없었다.

슬슬 숨이 막힐 즈음에야 놈이 시야에서 사라졌고, 켈도 입을 막던 손을 풀어 줬다.

"허억…… 허억."

잠시 숨을 고른 안센이 켈에게 물었다.

"이, 이제 어쩌죠? 케이 님이 또 잡히고 말았어요. 아이템까지 봉인당한 거면…… 그러면!"

"안센."

"네?"

"진정해요. 괜찮으니까."

켈은 차분한 얼굴로 안센의 어깨를 두드렸다.

그의 손에서 찬바람이 쌩 불어 머리카락을 흩날리자, 묘하게 복잡하던 머리가 한결 가벼워진 기분이 들었다.

켈은 시선을 돌려 거대한 나무를 바라봤다.

"그보다 해야 할 일이 있어요."

안센은 너무나도 침착한 켈의 모습을 보며 잠시 침을 삼켰다.

……이 사람은 케이가 속수무책으로 붙잡혔는데도 정말 괜찮은 걸까?

머릿속으로 온갖 걱정을 떠올리던 안센은 불현듯 케이가 했던 말을 떠올릴 수 있었다.

'불평한들 바뀌지 않는 일엔 고민할 필요도 없다고 했지. 시간 낭비니까…….'

완전히 이해하고 납득할 수 있는 말은 아니었다.

그가 살아온 세상은 저 말 또한 그저 '불공평한 현실에 대한 타협'에 불과했으니까.

하지만 왠지 모를 떨림이 있었다.

불공평함을 그대로 직시하고…… 중요한 건 출발선이 아니라는 그 말이.

집중해야 할 건 앞으로 어떻게, 어디로 달려야 하느냐라는 그 말이.

아직 희망이 있다는 말처럼 들렸다.

어쩌면, 여태 출발하기도 전에 지레짐작하여 포기했었던

건 아닐까?

'할 수 있는 일에 집중하자.'

안센은 호흡을 가다듬었다. 아직 포기하기엔 너무 이른 시점이었다. 케이가 붙잡혔다고 해도 세상이 무너지는 건 아니다.

'이번엔 내가 공략을 찾아야 해.'

차분하게 어쩔 수 없는 것에 대한 미련을 덜어 냈다. 안센은 좀 더 자신이 해야 할 일을 선명하게 볼 수 있었다.

'꿩 대신 닭.'

안센의 눈은 거대한 나무의 한쪽에 달라붙은 흙더미로 향했다. 케이가 말하길 그곳에 그녀가 있다고 했다.

[장비, '호르스의 고글'을 착용합니다.]

정신없이 폭주하는 마력량 틈으로 단 하나의 마력을 특정할 수 있었다.

안센이 오직 '로켓의 마력'에 집중하자 그가 나아가야 할 길이 보였다.

'용을 구하면 방법이 생길 거야.'

한동안 말이 없던 켈은 안센과 시선을 마주하더니 말했다.

"일단 파랑이부터 구하죠. 그러면 방법이 생길 겁니다."

이미 결론을 내린 안센은 쉽게 납득할 수 있었다.

"계획이 있는 겁니까?"

"네, 근데 일단 움직이죠."

주변으로 나무들이 인기척을 느끼고 이쪽으로 슬슬 가지를 뻗고 있었다.

오는 중에 투명한 공기 벽에 막혀 더는 다가오질 못했지만, 그조차 시간문제처럼 보였다.

켈이 말했다.

"딱 달라붙어요. 한 번에 돌파할 겁니다."

"……네!"

어느덧 켈의 몸 위로 하늘하늘한 인영이 겹쳐 보였다. 정령사의 필살기나 다름없는 스킬!

'정령화'를 발동한 켈은 발소리도 내질 않고, 무엇보다 거친 바람이 되었다.

그가 나아가는 방향으로 다가오는 모든 공격을 날카로운 바람 칼날로 잘라 냈다.

"정령왕……?"

안센은 켈의 뒷모습을 보면서 헛웃음을 지었다. 벌써 정령왕을 몸에 안착시킬 정도라는 사실이 놀라울 따름이었다.

'난 고작 200레벨을 넘겼는데.'

그에 비해 켈이 보여 준 기술은 못해도 400레벨은 넘겨야만 쓸 수 있었다.

강서준만 S급 수준에 이른 게 아니라, 랭킹 11위에 불과하던 켈조차 이미 S급을 넘긴 것이다.

'신경 쓰지 마. 켈은 켈이고 나는 나다.'

비교해 봐야 어찌할 수 있는 건 없다. 안센은 애써 상념을 털어 내며 숲을 가로질렀다.

목적지가 코앞이었다.

"예상대로 우리 정도로는 밀트가 반응하질 않는군요."

"네?"

"그놈도 아까운 거겠죠. 시스템을 조작하는 게 어디 쉬운 일입니까."

켈은 안센을 붙잡고 과감하게 하늘로 날아올랐다.

이번에도 밀트는 나타나지 않았고 그들은 순식간에 나무의 코앞까지 다다랐다.

흙더미 옆으로 난 구멍은 안으로 진입할 수 있는 통로와도 같았다.

"이 안으로 흐름이 이어지고 있어요."

근데 원래 여기에 입구가 있었나?

잠시 고개를 갸웃한 안센은 켈의 뒤를 따라서 나무의 안쪽으로 들어섰다.

의외로 커다란 공터였다.

공갈빵을 뜯어 안으로 들어온 것처럼, 텅 빈 내부는 공허하게만 느껴졌다.

그 중심으로 무언가만 얽혀 있다는 것만이 두 눈에 보였다.

안센은 중심에 얽힌 한 아이를 보면서 물었다.

"저 아이가 파랑이입니까?"

"네. 근데 이거 쉽지 않겠는데요."

곧 그들이 들어온 구멍이 빠르게 껍질로 뒤덮였다.

그렇게 퇴로가 차단되자, 눈앞으로 거대한 마력이 일렁이면서 누군가가 모습을 드러내고 있었다.

켈은 미간을 찌푸리며 말했다.

"함정이었군."

그리고 당당히 허공에서 모습을 드러낸 밀트가 어깨를 으쓱이며 답했다.

"안 그래도 마력이 조금 모자라던 참인데…… 알아서 와주는구나."

밀트는 입꼬리를 올리더니 말했다.

"켈. 아니, 백귀라고 해야 하나?"

이죽이는 밀트를 보며 안센은 잠시 몸을 떨었다.

뭐라 해야 할까. 오직 그만이 이곳에서 동떨어져 있다는 느낌이 들었다.

'차원이 다르다.'

밀트가 기운을 끌어올릴 때마다 켈도 마찬가지로 마력을 앞으로 내세웠다.

거센 바람과 밀트의 마력이 충돌하여, 주변으로 무시무시한 충격이 번졌다.

안센은 약간 숨이 벅차다는 것도 깨달았다.

고래 싸움에 새우 등이 터져 나간다는 말이 이럴 때에 쓰는 거겠지.

'천외천(天外天)이란 건가…….'

한때 그도 거기에 속했던 인물이지만, 이제 와서 과거의 영광은 의미가 없었다.

안센은 입술을 잘근 깨물며 두 사람의 대치를 숨죽여 지켜봤다.

먼저 입을 연 것은 켈이었다.

"그쪽은 선배라 불러야 하나?"

"뭐?"

"아니지. 시스템에게 아웃당한 주제에 여태 살아남은 걸 보면 버러지라 해야겠군."

날이 선 말투는 마력으로 표출되어 두 사람 사이로 스파크가 튀기는 듯했다.

실제로 바람 칼날이 밀트의 사방을 베었고, 주변에서 솟구친 나무줄기가 그 공격을 막았다.

크콰카카카칵!

후우우우우웅!

선 자리에서 벌어지는 정령사와 마법사의 싸움!

일견 막상막하로 보였지만 아쉽게도 점차 켈이 밀리는 형국이었다.

아무래도 마력의 총량에서부터 비교할 수 없는 차이가 있는 듯했다.

밀트는 '용'에게서 흡수한 마력을 바탕으로, 이 거대한 나무를 조종하고 있었으니까.

"말하는 것치고는 약해 빠졌구나."

"크윽……!"

결국 켈의 발목을 휘어잡은 줄기가 승부를 갈랐다.

켈은 속수무책으로 그의 몸을 옭아맨 줄기를 벗어날 수 없었다.

밀트가 천천히 다가갔다.

"어리석은 백귀야. 아직 모르겠느냐?"

"……뭐?"

"네놈이 아무리 강해도 날 상대로 이길 수는 없느니라. 백귀는 결국 '영혼'이 형태를 갖춘 것에 불과하니까."

밀트는 피식 웃으며 말했다.

"영혼은 내 밥이거든."

"끄아아아악!"

켈은 비명을 지르며 몸을 부르르 떨었다. 그의 몸 위로 무언가가 두둥실 떠오르고 있었다.

억지로 끄집어낸 형태는 터무니없지만 그도 익히 알고 있는 것이었다.

'……정령왕!'

밀트는 지금 켈의 몸에 정착한 '바람의 정령왕'을 억지로 꺼내고 있는 것이다.

이쯤 되면 그걸 어떻게 해내는지는 놀랍지도 않다.

'이대로면 다 끝이야!'

안센은 주변을 둘러보며 본인의 위치를 파악했다. 달려서 멀지 않은 곳에 파랑이라는 수룡이 묶여 있었다.

수십 미터나 되는 나무를 힘겹게 올라야 한다는 점이 있었지만, 구태여 못 할 것도 없었다.

'하지만 밀트가 나에게 관심이 없는 지금이 기회일 수도 있어.'

어차피 켈이 붙잡힌 마당에 안센이 여기서 더 할 수 있는 일은 없다.

오직 남은 희망은 '수룡'을 구출하여, 그녀의 도움을 받는 것이다.

'그래. 까짓것 죽기보다 더하겠냐?'

안센은 오랫동안 이곳에서 그와 함께한 곡괭이를 들고 빠르게 달려 나무줄기를 내리찍었다.

썩어도 준치라고.

그래도 이곳에서 오랜 시간을 곡괭이질만을 했더니 근력 수치는 꽤 높은 편이었다.

암벽 등반을 하듯 나무를 오르는 건 충분히 할 수 있었다.

"부질없는 짓을 하는군."

밀트의 딱하다는 시선이 느껴졌다.

또한 여태 그를 몰라서 놓친 게 아니라, 아예 신경을 쓰질 않았다는 것도 깨달았다.

이유는 간단할 것이다.

'난 벌레만도 못한 존재니까.'

계란으로 바위를 쳐 보아야 깨지질 않는다. 코끼리가 개미를 피해 걸어 다닐 이유도 없다.

밀트에게 안센이란 그런 존재였고, 앞으로도 바뀌지 않을 사실일지도 모른다.

'그렇다면 신경 쓰지 않는다.'

새삼스럽지만 여태 뭘 그리 걱정하며 살았는지 모르겠다.

후쿠오카에서 흙수저로 태어난 것이 그의 인생을 모조리 결정지었었던가?

불행하게 던전화에 휘말려 이리 노예로 살게 된 것들이 모두 그를 단정 지었나?

'아니, 결정하고 단정 지은 건 모두 나였다.'

한 번쯤은 그도 포기하고 싶지 않을 때가 있었다.

불공평하게 태어났다고 끝까지 불행하게만 살고 싶진 않았으니까.

'그래. 오늘만큼은.'

안센은 밀트의 조롱 어린 시선에도 애써 곡괭이를 박아 넣었다. 파랑이의 고운 얼굴이 코앞에 있었다.

　되든 안 되든…….

　곡괭이를 한 번이라도, 포기하지 않고 단 한 번이라도 휘둘러 보고 싶었다.

　'죽어서도 후회하지 않게!'

　하지만 세상은 여전히 불공평했다.

　"그만. 놀이는 거기까지다."

　정신을 차렸을 때의 그는 이미 허공을 날고 있었다.

　줄기가 그의 몸을 후려쳐 반항할 틈도 없이 수십 미터나 되는 아래로 떨어지는 것이다.

　"아아…….."

　모든 순간이 파노라마처럼 머릿속을 휘저었다.

　만약 일찍이 오늘처럼 살아왔더라면 결과는 달랐을까.

　쉽게 단정 짓지 않았더라면…….

　포기하지 않았더라면.

　'난 할 수 있었을까.'

　의문만을 남긴 채로 바닥에 머리부터 추락하려는 순간이었다.

　"네. 할 수 있었을 겁니다."

　그저 추락할 뿐이던 그의 몸을 붙잡고, 다시 하늘로 날아오른 사람이 있었다.

　안센은 황망한 눈을 떴다.

"……케이 님?"

마치 용처럼 날개를 활짝 펼친 강서준은 안센을 향해 말했
다.

"당신도 천외천이었으니까요."

전승인, 밀트

안센은 눈을 몇 번 깜빡였다. 현실을 받아들이기까지 시간이 필요했다.

"……이게 꿈은 아니죠?"

"볼이라도 꼬집어 줘요?"

목전에 들리는 목소리에 잠시 몸을 떨었다. 아직도 믿기진 않지만 보고도 믿지 않을 수는 없었다.

'케이 님이……!'

함정에 빠졌던 강서준이 돌아온 것이다.

안센은 황망한 눈으로 그를 올려다봤다.

'……어떻게?'

하지만 의문은 금세 사라졌다.

강서준이 어떤 인물인지 생각해 보면 꽤 당연한 일이었으니까.

그래.

그러면 해낼 법한 일이다.

'케이.'

불가능할 거라 여겨지던 수많은 던전을 공략해 내고, 명실상부 드림 사이드의 정상에 선 인물.

소싯적엔 수많은 S급 던전을 제집 드나들 듯 오가는 사람이 바로 그가 아니던가.

그는 현실에서도 다르지 않았다.

상식으로 판단할 수 없는 천외천.

강서준이 말했다.

"할 말이 많으시겠지만 나중에 하죠. 워낙 제가 인기가 많은 듯해서."

"……네."

빠르게 허공을 선회한 강서준은 고개를 돌려 한창 역정을 내고 있는 밀트에게 시선을 뒀다.

"케이! 어떻게 네놈이 여기에 있지? 대체 무슨 수를 쓴 것이냐!"

그 말에 강서준은 짧게 답했다. 내심 대답을 기대했던 안센조차 헛웃음이 나올 정도로 아주 간단한 답.

"잘."

밀트는 눈에 쌍심지를 켰다.

"웃기지 마라!"

쿠구구구궁!

곧 땅이 흔들리면서 파도치듯 줄기가 솟구쳤다. 나무 속이라 그런지 상하좌우에 가릴 것 없이 사방에서 공격이 다가왔다.

오직 강서준을 잡겠다는 여념이 지독해 보였다.

"꽉 잡아요."

하지만 강서준은 가뿐하게 허공을 주파하며 다가오는 공격을 모조리 피해 냈다.

마치 어느 쪽으로 공격이 다가오는지 미리 알고 있는 것처럼, 귀신같은 곡예비행을 펼쳐 내고 있었다.

"무슨 수작을 벌였는지는 몰라도 다음은 없을 것이다! 네놈들이 또 날 방해하도록 놔둘 것 같으냐!"

밀트의 분노가 더해지자 줄기 사이로 가시도 돋아났다.

속도도 더욱 빨라져 안센의 눈으로는 뭐가 어떻게 되어 가는지조차 확인할 수 없었다.

빠르게 휙휙 지나가는 풍경!

그 탓인지 점차 강서준의 움직임도 조금씩 둔해진다는 걸알 수 있었다.

전보다 속도가 늦어지더니 한차례 줄기가 그의 허리를 스치고 지나갔다.

피가 튀었다.

"크윽……!"

미간을 찌푸린 강서준을 올려다본 안센은 입술을 잘근 깨물었다.

'나 때문이야.'

강서준이 공세로 접어들지 못하고 회피만을 반복하는 이유가 뭘까.

결국 그를 보호하느라 강서준은 제대로 된 전투조차 하질 못하고 있었다.

이대로는 안 된다.

"케이 님. 절 땅에 내려 주세요."

"네?"

"전 신경 쓰지 않아도 됩니다. 죽어도 원망하지 않을 테니 제발 저를…….."

"……무슨 소리를 하는 겁니까?"

강서준은 미간을 찌푸리더니 말했다.

"신소리 그만하고 꽉 잡기나 해요. 금방 끝나니까."

정신없이 허공을 날아다니길 몇 분이나 되었을까. 안센은 금방 끝난다는 말이 무언지 알 수 있었다.

"길이……."

더는 날개를 펼칠 허공 따위가 존재하질 않았던 것이다.

줄기가 사방을 뒤덮어 움직일 수 있는 작은 틈조차 보이질 않았다.

"……어떡하죠?"

안센은 약간 침울한 얼굴을 했다.

그가 결국 강서준의 발목을 붙잡은 건 아닐까.

그 때문에 일이 더 복잡해진 건 아닐까?

아까도 그렇다.

차라리 나서지 않았더라면……?

강서준을 믿고 더 기다렸더라면.

그랬다면 강서준에게 부담도 되지 않았을 것이다. 아예 밀트를 기습할 절호의 찬스도 찾았을지도 모른다.

그를 구하기 위해 섣불리 모습을 드러낸 게, 결국 이와 같은 최악의 상황을 만들어 냈다.

안센은 자책하며 말했다.

"죄송합니다. 저 때문에……."

"아까부터 대체 뭔 소리예요?"

주변을 촘촘히 메운 그물망은 점차 그 범위를 좁혀 오고 있었다.

어쩌면 모든 게 끝일지도 모른다는 생각에 안센은 저도 모르게 눈을 질끈 감았다.

하지만 강서준이 말했다.

"두 눈 똑바로 뜨고 봐요."

"네?"

"다 잘해 놓고 왜 죄인처럼 고개를 숙이고 있느냐고요."

강서준의 말에 실눈을 뜬 안센은 묘하게 주변이 밝다는 걸 깨달았다.

"이 무슨……."

"다 당신 덕입니다."

"네?"

"당신이 파랑이 근처로 가 줘서 일이 더 수월해졌어요. 근성이 있던데요?"

안센은 어느덧 화마에 뒤덮인 줄기를 볼 수 있었다.

나무 안으로 생성된 불꽃은 세상을 모조리 불태울 기세로 주변으로 번지고 있었다.

그물은 금방 와해되고, 밀트조차 당황하며 이리저리 불을 끄려고 안간힘을 썼다.

하지만 불은 꺼지지 않는다.

"네놈…… 뭔 짓을 한 거지?"

안센의 어깨를 토닥인 강서준은 씨익 웃으며 앞으로 나섰다.

사방을 휘젓던 불꽃은 그가 다가서자 양옆으로 벌어지며 길을 열어 주었다.

그때였다.

"알고 싶어?"

돌연 눈앞에 있던 강서준이 멀리 밀트의 앞으로 순간이동하듯 나타났다.

"넌 두 가지 실수를 했어."

"……."

"첫째, 자신을 너무 맹신한 것."

강서준의 시선이 빠르게 안센을 훑었다. 그 시선에 안센은 저도 모르게 몸을 떨었다.

"둘째, 상대를 과하게 무시한 것."

그가 웃으며 말했다.

"그게 네가 실패하는 이유야."

강서준은 마력의 떨림을 고스란히 유지한 채 재앙의 유성검을 밀트에게 겨누었다.

모든 건 순식간에 벌어진다.

[스킬, '이형환위(S)'를 발동합니다.]

크카카카칵!

다만 빠르게 치고 들어간 공격에도 밀트는 대수롭지 않게 막아 낼 수 있었다.

"네놈…… 케이!"

'전승인'이라던가.

오랫동안 살아온 괴물이자, 바이러스를 활용하고 시스템마저 조작하는 만능한 존재.

확실히 여태 만난 그 어떤 타입보다 까다로운 상대라는 건 부정할 수 없었다.

그러나 녀석은 두 가지 실수를 범했다.

우선 자신을 과하게 맹신한 일.

'그 '사유지'란 공격이 얼마나 대단한지는 알겠지만, 나한테 똑같은 공격을 시도한 건 분명한 실수야.'

강서준은 이미 당해 본 공격을 또 당할 만큼 호락호락한 성격이 못 되었다.

'마왕 제레브의 반지'가 힘을 잃었을 때, 그는 행여나 벌어질 미래를 한 번 더 생각해 봤다.

만약 아이템도 쓸 수 없게 된다면? 그러면 어떻게 사유지를 빠져나오지?

밀트는 살기 가득한 눈빛을 보내며 물었다.

"아무리 생각해도 이해가 되질 않는군. 대체 어떻게 거길 빠져나온 거지?"

"글쎄."

"이번엔 완벽했다. 아이템도 쓸 수 없었을 텐데?"

강서준은 이죽거리며 답했다.

"뭐 간단한 얘기야. 제아무리 대단한 기술이라 해도 맞질 않으면 그만이거든."

"……넌 분명히 갇혔다."

"그래. 네 말이 맞아. 아마 아직도 갇혀 있을 거야."

"무슨 소리지?"

강서준은 어깨를 으쓱했다. 방금 한 말엔 분명 거짓이 없었다.

실제로 그는 사유지를 빠져나온 게 아니었다.

'나는 아직 갇혀 있어.'

강서준은 로그 기록을 확인했다.

[스킬, '분신(S)'을 발동 중입니다.]

'정확히는 내 분신이.'

방법은 단순하다.

녀석이 함정을 발동시켜 그를 가두려는 순간, 창졸간에 그의 분신을 먼저 밀어 넣으면 된다.

그 짧은 틈에 '인 투 더 드림'으로 안센의 무의식으로 회피했으니, 녀석이 착각할 만도 했다.

화르르르륵!

점차 주변을 불태우는 불꽃이 더욱 강렬하게 퍼져 나갔다. 뜨거운 화마는 브레이크가 고장 난 열차처럼 주변을 모조리 태울 기세였다.

"……저 불도 네놈 짓이냐?"

"응."

밀트의 두 번째 실수.

상대를 과하게 무시한 일.

'때로는 작은 돌멩이 하나가 전장의 흐름을 바꾸는 법.'

녀석은 안센이 1년을 넘도록 노예 생활을 해 온 탓인지, 아무것도 할 수 없을 거라 방심하고 있었다.

그저 마지막 발악인 줄 알았겠지.

하여 안센이 나무를 타고, 파랑이의 근처에 다다를 때까지도 크게 신경 쓰지도 않았다.

켈의 몸에 박힌 정령왕을 빼내는 게 더 바빴고, 구태여 뭘 해도 할 수 없을 거라는 확신 때문이다.

명백히 상대를 무시해서 벌어진 일.

'그 덕에 해낼 수 있었다.'

강서준은 멀리 불타오르는 나무 사이로 서서히 기지개를 켜는 한 인영을 볼 수 있었다.

어떻게 재웠는지는 몰라도, 긴 잠에 빠져 있던 '파랑이'가 이제 막 큰 울음을 내지르고 있었다.

"으아아앗! 뜨거워어어어어!"

목소리도 참 크지.

"에엥? 이거 뭐야! 으아앗!"

파랑이는 요란하게 일어나더니 금세 소방관으로 빙의하여 불을 꺼 대기 시작했다.

방화를 저지른 당사자는 강서준이었지만, 불을 끄는 행위를 막진 않았다.

나무가 모조리 타 버리는 것도 그에겐 곤란했고, 이미 목적은 달성했으니 상관없었다.

"……어떻게 속박까지?"

강서준은 쓰게 웃으며 이기어검술로 단검을 이쪽으로 끌어당겼다.

자유자재로 날아온 화톳불 같은 단검은 스스로 불을 꺼트리더니 단검벨트로 쏘옥 들어갔다.

밀트가 대번에 알아보았다.

"화룡의 단검?"

"응. 이제 알겠지?"

"대체 어느 틈에……."

"말했잖아. 네가 무시한 덕이라고."

강서준이 파랑이를 구할 수 있었던 것도, 그녀를 가까이에서 아무런 방해 없이 살펴볼 수 있었던 것도.

창졸간에 그랑의 어금니 단검을 꽂아 주변으로 불길을 일으킨 것 또한…….

모두 녀석의 방심에서 비롯되었다.

"안센이 그 근처로 가질 못했으면 시도조차 못 했을 일인걸."

[스킬, '류안(S)'을 발동합니다.]

강서준은 파랑이가 있는 나무의 주변으로 펼쳐진 수 개의 방화벽을 보았다.

이는 꽤 다양한 마력으로 구성됐고, 힘으로 뚫으려 해도 어지간한 수준으로는 불가능한 두께였다.

즉 필연적으로 파랑이를 구하기 위해 막무가내로 달려들었다면?

이 방화벽을 뚫는 데에 온갖 시간과 노력을 다 쏟아부어야 했는지도 모른다.

그사이에 밀트 녀석은 다른 수작을 벌일 수 있겠지.

밀트가 자조적으로 웃었다.

"……처음부터 놀아나고 있던 건 나였단 말인가."

밀트의 눈빛은 금세 차분하게 가라앉았다.

종전까지만 하더라도 그를 잡아먹을 듯이 노려보던 시선은 착 가라앉으니 되레 등골이 차갑게 식었다.

"재밌군. 실로 놀라워."

점차 녀석을 향해 상당한 기운이 몰려들었다. 나무 전체에 퍼트리던 마력이 오롯이 밀트에게 집약되고 있었다.

쿠구구구구!

['밀트'가 '천년목'과 동기화합니다.]

['밀트'의 몸으로 방대한 마력이 유입됩니다.]

강서준은 대번에 알아차렸다.

'파랑이의 마력.'

비록 안센의 활약으로 앞으로 더 빼앗길 마력은 없어도, 여태 뺏은 마력은 저쪽에 있었다.

밀트는 한층 고조된 목소리로 말했다.

"사과하마. 널 얕잡아 보았다."

놈의 몸이 일순 일렁이더니, 순식간에 강서준의 앞으로 나타났다.

본능적으로 움직여 공격을 막아 냈지만 그 충격까지 튕겨 낸다는 건 무리였다.

콰아아아앙!

단번에 뒤쪽으로 밀려난 강서준은 얼얼한 손목 통증을 느꼈다.

"……."

가히 파랑이의 마력을 응축시킨 공격이다. 역시 용의 마력은 어지간해선 부담스럽다.

'그걸 다루는 저놈도 참.'

용의 마력을 저리 능숙하게 다룬다는 걸, 새삼스레 이상하다 여길 필요는 없겠지.

놈은 시스템을 이해하고 다루는 자. 말했듯 오랜 세월을 전승한 괴물이다.

'단순한 A급 보스가 아니다.'

강서준은 이내 마력을 끌어올려 녀석의 공격에 방비를 해 나갔다.

마력 그 자체의 총량은 아마 강서준이 우위에 있을 것이다.

이미 진짜 용을 상대로도 충분히 싸우고도 남을 그였으니까.

용의 마력을 훔쳐 쓰는 놈에게 곤란한 일은 딱히 없어야 할 것이다.

'문제는…….'

기이이이잉!

눈앞으로 미증유의 기운이 덧씌워졌다. 류안으로 집중해서 보질 않았더라면 무심코 당했을 공격.

밀트의 사유지.

이전에 발동했던 것보다 훨씬 빠른 속도에 강서준은 몸을 뒤틀어 겨우 그 기운을 피해 낼 수 있었다.

'……바이러스를 다룬다는 것.'

불발이 아쉽다는 듯 입맛을 다시는 놈을 바라보며 강서준은 호흡을 가다듬었다.

츠츠츠츳!

강서준은 빠른 속도로 다가오는 미증유의 기운을 피해 이형환위를 발동했다.

츠츳! 츠츠츠츳!

한순간도 집중을 흐트러트릴 수 없었다.

밀트의 사유지는 걸리는 즉시 능력을 빼앗긴다.

가능하면 아예 닿질 않는 게 상책이다.

'백신과 싸울 때가 생각나네.'

일전에 섭종한 드림 사이드 1의 세계로 난입했을 때, 그는 백신을 상대로도 비슷한 전투를 했다.

스치면 그대로 소멸되는 싸움!

이번에도 마찬가지였다.

강서준은 그의 앞을 가로막은 기운을 확인하며 호흡을 가다듬었다.

[스킬, '허공답보(S)'를 발동합니다.]

용아병의 날개의 사용 시간이 끝나서 빠르게 조합해 낸 스킬이었다.

그의 보법인 '초상비'와 지의 묘리인 '광속', 그리고 해의 묘리인 '부동의 바다'를 섞은 기술.

요령은 허공에 마력의 벽을 세워 빠른 속도로 박차고 달려 나가는 것이다.

투타타탓!

그리하면 마치 허공을 달리듯 녀석의 사유지도 가뿐하게 뛰어넘을 수 있었다.

"그런다고 피할 수 있을 것 같으냐?"

밀트의 말은 거짓이 없었다.

강서준은 어느덧 주변을 가득 메운 미증유의 기운에 한숨을 뱉어 냈다.

뭐가 이리 많아.

츠츠츠츠츳!

'저 기술…… 본래 많은 생명을 담보로 발동하는 거 아니었나.'

더는 회피할 공간도 없을 정도로 주변은 녀석의 사유지만이 가득했다.

시야를 공유하는 이루리가 탄식하며 답했다.

─그야 적합자가 저 공간에 빠졌을 때야 통용되는 얘기지.

'무슨 소리야?'

─굳이 능력을 봉인하는 게 아닌 이상…… 트래픽 과부하를 일으킬 필요도 없잖아?

하기야 유난히 많은 트래픽을 필요로 한 이유가 오직 그의 힘을 봉인하기 때문이다.

저런 공간을 여는 것쯤은 많은 트래픽이 필요하지 않은 걸지도 모른다.

즉 저것들은 대어를 낚기 위한 미끼에 불과하다.

─게다가 쟤…… 눈치가 빨라.

강서준은 고개를 주억거리며 얼마 남지 않은 틈으로 사유지를 피해 달렸다.

밀트는 확실히 여태 꺾은 그 어떤 적보다 상대하기 까다로운 편이었다.

단순히 바이러스를 활용하고, 시스템을 조작하는 특이성에 있어 하는 말이 아니다.

'피드백이 너무 빨라.'

일전에 사유지를 한 차례 빠져나왔을 때도, 녀석은 두 번째 사유지에 '아이템 제한'을 걸었다.

첫 번째 실수를 바로 잡은 것이다.

지금도 그렇다.

아예 그를 사유지에 가두기 전엔 이전처럼 무작정 트래픽을 소모시키지 않는다.

전략적으로 그를 궁지로 몰아세우고, 주변을 사유지로 가득 채우질 않았는가.

무섭도록 치밀하고 실수에 대한 대처가 유난히 빠른 적.

이런 놈들이 특히 까다로운 법이다.

-그러게 왜 실수니 뭐니 다 말해 줘?

'……시간을 끌어야 하잖아.'

강서준은 쓰게 웃으며 이쪽으로 다가오는 밀트를 '영안'으로 확인했다.

대충 봐도 어마어마한 크기의 영혼이 그 안에서 꿈틀거리고 있었다.

'대체 얼마나 오랜 세월을 살아왔는지 감도 못 잡겠군.'

그리고 그 방대한 영혼의 크기야말로 강서준이 시간을 끌어야 하는 이유였다.

'녀석을 죽이려면 그 영혼까지 확실하게 제압할 필요가 있으니까.'

모르긴 몰라도 밀트는 한 차례 시스템에 의해 '소멸'까지 된 존재였다.

그런데도 버젓이 살아남았다.

데이터베이스에 전승하던 본인의 영혼을 그만의 남모를 방식으로 전승을 했다는 방증이었다.

그렇다면 무작정 죽여 봐야 상황만 더 골치 아파질 수 있다.

'전승은 전생과 달라. 그게 무조건 다음 채널로 이어진다는 보장이 없어.'

자칫 잘못하면 놈은 이 세계의 다른 몸으로 부활할 수도 있는 것이다.

'죽이는 건, 일단 보류해야 해.'

그래.

놈을 죽이는 건…… 그 영혼을 완전히 처리할 방법을 찾은 뒤여야만 한다.

다신 전승할 수 없도록.

놈을 완전히 구석으로 내몰아야 한다.

츠츠츠츳!

강서준은 생성되는 사유지를 피해 허공을 또 달렸다. 때로는 벽을 넘어 거리를 주파했다.

하지만 말했듯 시간이 흐를수록 그가 설 공간은 줄어들 뿐이었다.

"이제 끝이로구나."

문득 들려오는 소리에 강서준은 몸에 제동을 걸고, 몸을 돌려 공격을 막아 냈다.

예상대로 창졸간에 다가온 밀트가 지팡이를 휘두르고 있었다.

쿠우우웅!

묵직한 충격을 겨우 견뎌 냈다.

"크윽……!"

밀트는 지팡이에 마력을 더해 강서준을 향해 겨누면서 나지막이 말했다.

"더 피할 곳은 없다."

그의 말마따나 사방이 사유지로 가득 들어차 있었다. 이젠 작은 틈조차 보이질 않았다.

"케이."

밀트의 기세는 더더욱 강렬해졌다. 그에 맞추어 기세를 끌어 올리니 검과 지팡이를 맞댄 곳에서 스파크가 튀었다.

녀석의 눈이 붉어졌다.

"솔직히 인정할 수밖에 없겠어. 넌 여태 봐 온 누구보다도 강하다."

"……."

"진심이야. 만약 내게 권능이 없었더라면 널 이리 궁지로 몰아넣을 일도 없었겠지."

지팡이로 더해지던 마력의 크기가 점차 줄어든 건 그때부터였다. 은근슬쩍 힘을 뺀 밀트는 아예 공격 의사를 내던진 듯했다.

승자의 여유인가? 그는 한 걸음 뒤로 물러나더니 대뜸 입을 열었다.

"그래서 기회를 주고자 한다."

"……뭔 개수작이야?"

"다 너라는 존재를 인정해서 주는 기회니 고맙게 생각하도록."

뭔 개소리인가 가만히 보고 있자니, 녀석은 태연하게 웃으며 시스템을 조작했다.

잠시 경계를 하는 사이 수많은 영혼이 한순간에 증발했고, 강서준은 녀석이 주변으로 무언가 장막을 쳤다는 걸 알았다.

사유지를 만든 건 아니었다.

"걱정 마라. 말했듯 너에게 기회를 주기 위함이니."

밀트는 말없이 허공에 하나의 구체를 만들었다. 지구를 본떠 만든 모형이었다.

"케이. 시스템에 종속된 지구의 생명체여. 너는 이 세계의 끝이 어찌 될 것 같은가?"

"……뭐?"

"너라면 아마 생각해 본 적이 있을 것이다. 과연 공략이 끝난 게임은 어떻게 될까."

엔딩을 본 게임의 뒷이야기.

모든 게 끝나 버린 게임 속 세계는 과연 어떻게 될 것인가.

"……"

드림 사이드 말고도 다른 여러 게임의 끝을 봐 온 입장으로서, 강서준은 얼추 그 답을 추측할 수 있었다.

'아마……'

밀트는 입꼬리를 올려 이죽거렸다.

"리셋이 될 것이다."

콰앙!

지구의 모형이 부서지고, 그 옆으로 다시 새로운 지구가 만들어지기 시작했다.

강서준은 입술을 잘근 깨물며 밀트를 직시했다. 굳이 알고 싶지 않은 미래를 미리 들춰 본 기분이었다.

밀트는 씨익 웃으며 말했다.

"역시 이미 예상하고 있는 눈치로군?"

강서준은 순순히 고개를 끄덕였다.

"많은 가능성 중 하나일 뿐이야."

"이젠 확실한 미래가 아닌가."

"……대체 무슨 수작이야? 왜 나한테 이런 얘기를 하는 거지?"

가장 불쾌한 건 녀석의 말엔 일말의 거짓도 없다는 점이다. 진실의 성물인 이루리가 증명했다.

"말했잖은가. 너에게 기회를 주고 싶다고."

"기회?"

"시스템으로부터 해방될 수 있는 기회."

강서준의 시선은 주변을 가득 채운 녀석의 사유지로 향했다.

오랜 세월을 시스템의 시선 밖에서 살아온 존재의 말이니만큼…… 그 무게가 남달랐다.

"이대로 간다면 너도, 지구도, 그저 시스템에 의해 농락당할 뿐이다. 너도 이미 알고 있을 것이다."

어떤 채널이든 세계의 커다란 흐름은 다르지 않다.

어느 날 갑자기 '던전화'가 시작되고, 플레이어는 이를 막으려고 고군분투한다.

이는 0114 채널까지 빠짐없이 진행된 똑같은 전개다.

'그 결말도.'

솔직히 강서준은 여태 단 한 번도 공략에 성공하질 못했다는 점이 의아했다.

114번이나 반복된 공략!

그리고 114번이나 반복된 섭종.

비록 전생자들이 기억을 잃고, 여러모로 제한이 걸린다지만, 이 세계엔 버젓이 '데이터베이스'나 '차원 서고'가 존재한다.

공략을 찾고자 한다면 어떻게든 방법은 마련되어 있었다.

근데 여태 단 한 번도 이 게임이 공략된 적이 없다고?

그게 정말 사실일까.

밀트는 강서준의 눈을 똑바로 들여다보며 말했다.

"나를 따라라. 그리하면 시스템으로부터 벗어날 수 있는 자유를 선물하지. 넌 시스템의 위에 서게 될 것이다."

상당히 오만한 말이었지만 왠지 그럴듯하게 들려 더더욱 무서웠다.

무릇 '전승인'이란 존재는 오랜 세월을 살면서 단 한 번도 죽질 않아, 이 세계의 모든 걸 기억하는 유일한 NPC.

강서준은 한숨을 내쉬었다.

"시스템으로부터의 해방이라……."

확실히 구미가 당기는 제안이었다. 그리고 시스템을 경계하지 않은 건 아니었으니까.

'목적을 알 수 없는 절대자를 아군이라 여길 수는 없어.'

시스템은 지구인에게 플레이어의 능력을 줬지만, 그만큼 지구를 멸망으로 이끄는 주체.

하물며 이루리의 무의식에서 보면, 시스템은 '인격'마저 갖추고 있었다.

단순히 프로그램은 아닐지도 모른다. 정말 밀트의 말마따나 시스템은 경계해야 할 적이라 봐야 할 수 있다.

'그렇다면 이대로 밀트와 손을 잡는 것도 나쁘지 않을지도……'

지금 그에게 가장 강력한 아군이 손을 뻗고 있는 걸지도 모른다. 누가 뭐라고 해도 시스템을 조작하는 권능은 그 어떤 스킬보다 강력하니까.

바이러스까지 사용한다면 제아무리 시스템도 쉽게 건들 수 없다.

"근데……."

"응?"

"믿을 놈을 믿어야지."

강서준은 바닥의 한쪽으로 재앙의 유성검을 꽂아 넣을 수 있었다.

영역이 선포되면서 주변으로 기둥이 솟아올랐다.

잠시지만 사유지의 기운이 밀려난 것 같았다.

"널 어떻게 믿냐?"

밀트는 자기 잇속을 챙기기 위해 수만 명의 목숨을 제멋대로 사용하는 자다.

또한 여태 시스템의 눈을 피하기 위해 얼마나 많은 사람을 희생시켰는지 상상도 못 한다.

과연…….

녀석처럼 사람의 목숨을 '쓸모'로 구분하는 놈을 믿는다는
게 가당키나 한 일일까.

언제든 쓸모가 다하면 버려질 것이다.

그리고 무엇보다…….

"난 내가 알아서 하거든."

"쯧. 제 복을 본인이 걷어차는구나."

아쉬운 듯 입맛을 다신 녀석은 빠르게 지팡이를 휘둘렀다.
동시에 좁혀 오는 사유지는 강서준이 설 공간 자체를 없앴
다.

"너야말로 네 복을 탓해야 할 거야. 하필 날 만났으니까."

서서히 죄여 오는 공간 속에서 강서준은 결국 놈의 사유지
로 발을 들이밀고 말았다.

기다렸다는 듯 메시지가 떠올랐다.

[당신은 '밀트의 사유지'로 무단 침범을 하였습니다.]
['알 수 없는 힘'에 의해, 당신의 능력이 제한됩니다.]

츠츠츠츠츳!

예의 그랬듯 그의 몸은 사유지로 끌려가고, 곧 그의 공간
이 하얗게 번지려 할 즈음이었다.

투콰아아앙!

큰 소음과 함께 변해 가던 풍경이 산산조각이 나고 말았다.

다시 밀트가 있는 나무 속 공간.

"뭐, 뭐지? 뭘 어떻게……."

놈이 당황하듯 목소리를 냈지만 강서준은 어깨를 으쓱이며 말했다.

"공략법을 알았거든."

"뭐?"

"이제부터 내 차례란 얘기야."

"무슨……!"

밀트는 말을 하다 말고 아연실색한 표정을 지었다. 주변으로 사유지가 모조리 깨져 나가고 있었기 때문이었다.

투콰아앙! 투쾅! 투콰아아앙!

"끄아아아악!"

동시에 녀석은 오른쪽 눈을 부여잡고 괴로워하기 시작했다.

창졸간에 움직인 강서준의 일격이 그의 오른쪽 눈을 단번에 도려냈기 때문이다.

놈은 반항할 틈도 없었고.

어느덧 강서준의 손아귀엔 녀석의 안구, 정확히는 '기계형태의 눈동자'가 쥐어져 있었다.

"좋은 거 가지고 있더라?"

파직!

강서준의 손에 의해 안구는 산산조각이 났다. 놈은 피눈물을 흘리며 이쪽을 보며 외쳤다.

"대체…… 어느 틈에?"

"그걸 네가 알았으면 당했겠냐."

[스킬, '뇌신(L)'을 발동 중입니다.]

강서준은 체내의 힘을 일시에 방출하며 한 걸음, 밀트에게 다가갔다.

고작 그것만으로도 녀석의 코앞에 다다랐다.

"날 공략하겠다고 궁지로 내몬 건 좋은데…… 그렇게 자주 쓰면 어떡해. 훤히 보이잖아?"

강서준은 특별히 공격을 하지도 않았다. 놈의 어깨에 손을 올리고 끌어올린 뇌력을 녀석에게 전달할 따름이다.

파지지지직!

밀트의 사유지.

바이러스를 이용하여 시스템 기능을 봉인해 버리는 터무니없는 함정.

이 기술을 피하는 방법은 크게 두 가지가 있을 것이다.

'일단 함정에 빠지질 않으면 돼.'

아예 함정에 걸리질 않는다면 그게 제아무리 대단하더라도 소용없는 짓이다.

그리고 강서준은 분신을 활용하여, 상대의 눈을 속이고 함정을 회피한 전적이 있다.

'하지만 만약 피할 수 없다면?'

강서준은 그에 대한 공략법도 생각해 뒀다. 사실 이건 생각하고 말고의 문제가 아니다.

'빠질 수밖에 없는 함정이라면…… 그 기능을 하지 못하도록 만들면 된다.'

강서준은 전투 내내 밀트의 행동 패턴을 꾸준히 분석했다.

어떤 방식으로 사유지를 만들어 내는 걸까? 그저 스킬을 쓰듯 의식적으로 해내는 건가.

무한정 사용 가능한 기술일까?

'그럴 리가 없지.'

시스템 조작은 관리자라고 해도 생각만으로 쉽게 할 수 있는 일이 아니다.

아마 어떤 식으로든 그만한 리스크가 주어지고, 또한 그 리스크를 쉽게 처리할 만한 '무언가'가 있으리라 확신했다.

그리고 녀석이 수차례 사유지를 만드는 걸 보니 얼추 파악할 수 있는 게 있었다.

'오른쪽 눈.'

그 눈동자가 찰나의 빛을 낼 때마다 사유지가 생성되고 있었다.

'저게 콘솔 같은 역할을 하는구나.'

그때부터 강서준은 아예 틈을 노렸다. 녀석이 가까이 접근하길 기다렸고…… 창졸간에 힘을 끌어올릴 수 있도록 준비도 마쳤다.

파지지지직!

그게 바로 '뇌신'으로 녀석의 오른쪽 눈을 무력화시키고, 결국 파괴해 버린 현재의 결과였다.

"끄아아아아악!"

뇌신이 쏟아 내는 막대한 뇌력에 밀트로부터 살이 익는 냄새가 물씬 풍겨 났다.

강서준은 이도 저도 못한 채 부르르 몸을 떨 뿐인 밀트를 가만히 내려다봤다.

'콘솔' 역할을 하던 '오른쪽 눈'이 파괴됐으니, 이젠 바이러스를 제멋대로 활용하진 못할 것이다.

'이제부터가 중요해.'

강서준은 호흡을 가다듬으며 밀트의 상태를 살폈다.

이제 녀석을 죽이는 건 벌레를 잡듯 언제든 해낼 수 있는 쉬운 일이 되었다.

하지만 놈의 방대한 영혼을 일거에 처리할 수 없다면, 섣

불리 시도조차 해선 안 되는 일.

'……영혼을 처리하는 방법이라.'

몇 가지 방법은 있었다.

도깨비의 왕인 그였으니 할 수 있는 일이겠지만, 이게 정녕 전승인의 영혼에게도 통하는지도 확신할 수 없었다.

그래고리도 소화시킬 수 없는 음식은 함부로 손대질 않는다.

"끄으윽……."

한편 괴로워하던 밀트는 용케 뇌력을 견디며, 서슬 퍼런 눈을 치켜뜨고 있었다.

어째 놈의 얼굴이 붉게 달아오른 게 심상치 않았다.

뇌신의 여파는 아닌 듯했다.

"네놈 뜻대로 될 것 같으냐!"

콰아아아앙!

창졸간에 녀석의 몸이 번쩍이더니 펑! 소리와 함께 눈앞에서 폭발해 버렸다.

강서준은 벙 찐 얼굴로 핏덩이가 되어 버린 밀트를 보았다.

무슨 상황인지 알아차리기까지 오래 걸리지 않았다.

녀석의 영혼이 순식간에 솟구치고 있었다.

'설마…… 전승을 하려는 건가!'

강서준은 얼굴에 묻은 피를 거칠게 닦아 내며 도깨비 왕의 감투부터 발동했다.

전승인의 영혼을 처리하는 방법.

영혼을 아예 감투에 가둬 버리면 된다.

[장비 '도깨비 왕의 감투'의 전용 스킬, '이매망량'을 발동합니다.]

강서준은 녀석의 사체 조각 사이를 부유하는 영혼을 빠르게 회수할 수 있었다.

하지만 그 영혼의 양이 너무 방대했다.

도깨비감투로 회수하는 양보다 흩어져 도망치는 양이 훨씬 많은 것이다.

츠츠츠츠츳!

걷잡을 수 없이 폭주하는 영혼은 일제히 한 방향으로 날아가고 있었다.

"······막아야 해. 놈이 새로운 몸으로 전승하면 처음부터 다시 시작해야 할지도 몰라!"

피드백이 빠른 놈이다.

어쩌면 다음번엔 '콘솔'에 대한 약점도 보완하고 나타날지도 모른다.

막는다면 지금, 막아야 한다.

─어딜!

다행히 영체로 변할 수 있는 '백귀'는 영혼에 물리력을 행

사할 수 있었다.

켈이 먼저 밀트의 앞을 가로막았다.

─크아아악! 비켜라!

하지만 밀트는 몸을 물처럼 형태를 바꾸어 켈의 포위망을 유유자적 빠져나갔다.

오랜 세월을 살았다더니만.

영체인 상태로 자유의지를 갖고 뭉치거나 흩어지는 게 대단히 자연스러웠다.

강서준이 '이기어검술'로 '도깨비 왕의 수선 도구'를 던져도 잡아낼 수 없었다.

꼬리가 엮이자마자 놈은 그 꼬리부터 잘라 냈다.

츠츠츠츠츳!

밀트는 곧 나무의 천장을 통과하더니 그 위로 수직 상승하기 시작했다.

"파랑아! 브레스!"

신호에 맞추어 용으로 현신한 파랑이가 천장을 향해 워터 브레스를 쏘아 냈다.

엄청난 절삭력을 가진 브레스가 곧 영혼이 나아간 뒤를 쫓아, 멀리 하늘 높이 솟구쳤다.

강서준은 호흡을 가다듬었다.

[장비 '도깨비 왕의 감투'의 전용 스킬, '도깨비불'을 발동합니다.]

전승인의 영혼을 처리하는 또 다른 방법.

다소 과격하겠지만 '도깨비불'로 모조리 불태우는 것.

놈이 여태 쌓아 온 오랜 역사나 다양한 지식들이 아까웠지만, 적을 방치하는 것보단 쓰러트리는 게 백만 배는 낫다.

[스킬, '뇌신(L)'을 발동 중입니다.]

강서준은 곧바로 바닥을 박차고, 혜성처럼 날아 밀트의 영혼을 뒤쫓았다.

양쪽의 움켜쥔 단검엔 도깨비불이 가득 불타올라, 솟구치는 밀트의 영혼을 난도질할 수 있었다.

[장비 '도깨비 왕의 감투'의 전용 스킬, '도깨비 검무'를 발동합니다!]

화르르르륵!

한데 이조차 밀트를 붙잡기엔 역부족이다.

녀석은 이번엔 몸을 수백, 아니 수천 개의 조각으로 나누어 솟구쳤으니까.

츠츠츠츳!

'미친…… 공간이동까지 해?'

일부 영혼이 남아 아래를 향해 마법을 써 댔고, 뭉쳐서 시야를 방해하기도 했다.

도깨비불로 모조리 불태우며 나아가더라도 놈의 방대한 영혼은 터진 둑처럼 계속해서 쏟아졌다.

뇌신의 힘을 더하더라도 수천 년을 쌓아 온 데이터를 일시에 제거한다는 건 무리였을까.

"……누가 이기나 해 보자고."

이를 악문 강서준은 도깨비불의 화력을 더욱 강하게 불태웠다.

마기를 먹이로 던져 주자 불난 데 기름 부은 듯 불꽃은 화마가 되어 밀트의 영혼을 잡아먹기 시작했다.

녀석이 조각으로 나눠도 소용이 없었다. 이미 도깨비불은 범위째로 불태우고 있었다.

다만 문제가 있다면…… 놈이 목적지에 거의 다다랐다는 거겠지.

[스킬, '위기 감지(A)'를 발동합니다.]

"……유리나 씨!"

나무의 꼭대기에 가려진 공간. 유리나가 기절한 채로 나무에 얽매여 있었다.

밀트의 영혼은 오직 그곳을 향해 폭주 기관차처럼 달려가는 중이었다.

화르르륵!

이젠 놈의 영혼이 유리나에게 닿느냐, 그 전에 강서준의 공격이 놈을 소멸시키느냐의 싸움.

뇌신을 극성으로 발동한 강서준도 그 뒤를 좇아 유리나의 지근거리까지 다다랐다.

영혼이 전승되기까지 약 3cm.

2cm, 1cm, 0.5cm…….

……츠츠츳!

결국 강서준은 찰나의 차이로 녀석의 영혼이 유리나에게 닿는 걸 지켜봐야만 했다.

쿠우우우웅!

유리나의 몸이 격동하며 전신의 핏줄이 올곧게 섰다.

바로 고운 눈이 반개했고, 입이 활짝 열리며 깊은 숨이 빨려 들어갔다.

놈의 전승이 성공하고 만 걸까.

"……아아!"

강서준은 한숨을 삼키며 유리나의 몸을 영안으로 살폈다.

밀트의 영혼이 억지로 유리나의 영혼을 밀어내고 있었다.

'진짜 바퀴벌레 같은 놈.'

나무의 중앙에서 꼭대기까지 올라오는 동안, 뇌신과 도깨비불의 조합으로 얼마나 많은 영혼을 불태웠던가.

그럼에도 녀석의 영혼은 아직 어마어마한 크기를 갖고 있었다.

원체 너무 오랜 세월을 살아온 영혼인 것이다.

"……케이 님!"

뒤늦게 위쪽으로 올라온 일행은 강서준을 맞이했다. 안센은 다급하게 유리나를 살피며 물었다.

"어, 어떻게 됐습니까?"

그의 불안한 질문에 대답을 한 건 강서준이 아니었다.

"잘되었느니라."

어느덧 평온한 얼굴을 한 유리나, 아니 밀트가 이쪽을 보면서 웃고 있었다.

신체를 완전히 장악한 걸까.

"호오…… 몸이 가벼워. 이게 주요 인물이 가진 권능이란 건가!"

밀트는 허공에 두둥실 떠오르며 자신의 몸을 내려다봤다. 강서준도 이를 보면서 입술을 잘근 깨물었다.

아마 밀트의 목적은 처음부터 '이것'이었나 보다.

'주요 인물로의 전승.'

유리나의 몸을 장악한 밀트로부터 점차 강대한 기운의 흐름이 느껴지고 있었다.

'점점 강해지는군.'

사실 영혼의 크기가 더 작은 강서준이, 밀트를 상대로 우위를 점할 수 있는 이유는 오직 '신체적 특성'에 있었다.

이미 400레벨을 훌쩍 넘긴 강서준은, A급 던전에 머물던 밀트가 감히 상대할 수준이 아니다.

파랑이의 마력을 흡수했다고 하더라도 이는 무리였다.

'하지만 주요 인물은 다르지.'

주요 인물은 고작 레벨에 국한받는 존재가 아니다.

적어도 유리나는 무한대로 마력을 신체에 담아 둘 수 있는 특이체질.

'수천 년을 살아온 밀트의 영혼이 최강의 몸을 손에 얻은 꼴이야.'

실제로 던전도 밀트의 성장에 반응하고 있었다.

그의 영혼은 이미 '던전의 보스'로 얽매여 있기 때문이었다.

[NPC '밀트'의 수준에 따라 던전의 수준이 조정됩니다.]
[현재 A급 던전 '저주받은 도시'의 최대 레벨은 '400'입니다.]

영혼의 3분의 1은 불타 버렸고, 유리나의 신체가 많이 손상된 상태였음에도 이 정도다.

단번에 S급에 걸맞은 판정이라니.

하지만 이내 강서준은 표정을 풀고 긴장을 덜어 낼 수 있었다.

분명 밀트의 힘이 더더욱 강맹해지고, 걷잡을 수 없는 존재감을 드러내는 중이었지만……

오히려 강서준은 안심했다.

"저런 걸 착용하고 있었으면 미리 말해 주셨어야죠."

"네?"

강서준은 유리나의 목에 걸린 십자가 목걸이를 볼 수 있었다.

솔직히 여태 고생한 게 허무할 정도로 터무니없는 물건이 그곳에 있었다.

"'루마노프의 가호'가 발동됐어요."

츠츠츠츳!

제멋대로 큰 힘을 빨아들이던 밀트가 허공에서 비틀거리며, 서서히 아래로 추락한 건 그때였다.

놈은 머리를 좌우로 흔들어 보고, 애써 자기 몸을 때려 가며 정신을 차리려고 했다.

하지만 소용없는 짓이다.

[장비 '대천사의 목걸이'가 전용 스킬, '루마노프의 가호'를 발동합니다.]

유리나의 목걸이로부터 엄청난 마력이 솟구치더니, 이내 몸을 잠식하던 밀트의 영혼을 그대로 밀어낸 것이다.

"으어어…… 이, 이게 뭐야!"

아마 많은 우연이 겹쳤을 것이다.

강서준에 의해 '콘솔'이 파괴된 것부터, 뇌신까지 활용하여 영혼의 일부가 불타 버린 일.

  그리하여 정신력이 예전만 못하단 점…….

  던전 내부로 천년목을 키우느라 정신력을 한껏 사용한 뒤라는 것도 이유가 될 것이다.

  물론 그중 가장 황당한 '우연'은 바로 안센이 유리나에게 선물한 목걸이가 '대천사의 목걸이'라는 거겠지.

  '천외천 안센이 드림 사이드 1에서 최후의 최후에 만들어 낸 역작.'

  수십 마리의 드래곤 하트를 푹 고아 미스릴에 녹였다, 또한 만년빙설로 굳혀 겨우 형태를 잡은 아이템.

  말하자면 섭종 기념으로 모든 '희귀 재료'를 쏟아부어 만들어 낸 전무후무한 섭종 보상.

  '하루에 단 한 번. 사용자의 마력에 비례하여 그 어떤 공격이든 튕겨 내는 장비.'

  안센은 당황한 얼굴로 중얼거렸다.

  "저, 저거 작동해요?"

  "네. 유리나 씨니까요."

  "어떻게 저게 작동을 해요?"

  아마 안센은 몰랐을 것이다.

  그저 섭종 보상으로…… 아직 레벨 제한에 아무도 쓸 수 없는 아이템으로만 알았겠지.

유리나에게 준 것도 그나마 작은 효능이라도 발휘하길 바라는 마음에서, 부적처럼 줬을 것이다.

'루마노프의 가호는 레벨 제한만 700인 아이템이니까.'

하나 공교롭게도 주요 인물에겐 섭종 보상의 제한은 통용되는 얘기가 아니다.

이미 '무한대의 마력'을 보유할 수 있는 그녀가 어찌 레벨 제한 따위를 받겠는가.

하물며 밀트로 인해 던전의 마력 자체를 빨아들이느라, 거대한 마력을 신체에 보유하게 된 상태라면…….

"당신이 해낸 겁니다. 안센."

강서준은 '유리나'의 마력에 반응하여, 걷잡을 수 없는 힘으로 밀트를 밀어내는 루마노프의 가호를 말없이 바라봤다.

강서준의 시선은 '루미노프의 가호'로부터 튕겨 나간 밀트에게 향했다.

녀석은 몹시 당황하고 있었다.

ㅡ이, 이깟 거…… 다시 들어가면!

밀트는 수천 마리의 벌 떼처럼 허공을 선회하더니, 다시 유리나의 몸으로 달려들었다.

하지만 그 앞엔 강서준이 있었다.

"어딜?"

[스킬, '플라즈마(S)'를 발동합니다.]

뇌신을 극성으로 발동하여 꺼낸 방대한 전류는 잠시여도 밀트의 접근을 막아 내기엔 효과적이었다.

ㅡ비켜라아아아! 네깟 놈이 날 어찌할 수 있을 거라 생각하느냐!

"시끄러. 넌 어차피 끝났어."

놈의 영혼이 점차 확장하며 하늘을 뒤덮었다. 금방이라도 유성처럼 떨어질 것 같은 기세.

아마 저 방대한 영혼을 완전히 막아 내기란 무리일지도 모른다.

하지만 강서준은 개의치 않았다.

"넌 이제 주어진 기회가 없어."

ㅡ뭐라?

"네 영혼을 제거하는 공략이 이제 막 완성되었거든."

ㅡ무슨 소리를 하는 것이냐!

강서준은 이죽거리며 말했다.

"아직도 모르겠어?"

강서준은 던전 곳곳에 흩어진 백귀와 영혼 부대의 목소리를 들을 수 있었다.

하나가 되어 노예들을 구출하고, 합심하여 나무를 잘라 서로를 목숨을 잘라 내는 장면.

10만 명에 다다르는 인파가 살기 위하여 발악하며 애써 천년목을 막아 내는 순간.

　오롯이 그에게 전달되었다.

　"잘 생각해 봐. 네가 유리나에게 닿았을 때…… 과연 트래픽 과부하가 일어났을까?"

　-……!

　"처음부터 내가 걱정했던 건 하나야. 네놈 때문에 유리나마저 버그로 분류되는 경우지."

　-서, 설마?

　쿠르르릉!

　서서히 하늘에서 조짐이 보이고 있었다.

　비가 쏟아질 것처럼 뭉친 먹구름엔, 닿는 걸 모조리 소멸시킬 '백스페이스'가 담겨 있을 터.

　-빌어먹을…… 시스템이!

　[시스템이 '밀트'를 예의주시합니다.]

　놈의 전승은 필연적으로 트래픽 과부하를 걸어야 할 정도로 원래는 있을 수 없는 일.

　수백…… 수천 년을 살았을 영혼이 버젓이 또 다른 생명에 깃드는 행위다.

　밸런스가 망가져도 심하게 망가졌지.

하물며 이번엔 '유리나'에게 접촉하질 않았던가.

'주요 인물을 건들다니 겁도 없지.'

강서준은 행여나 무슨 일이라도 생길까, 진백호의 무의식으로 들어가는 건 상상도 하지 않는다.

이루리의 무의식에 들어갔을 때처럼 시스템이 과민하게 반응할 우려가 있었으니까.

'즉 놈을 공략할 최후의 수단은, 전승을 하되 트래픽 과부하를 막는 것.'

해서 강서준은 밀트와 싸우는 내내 영혼 부대의 운용에 최선을 다했더랬다.

백귀들에게 명을 내려 생존자 구출을 우선했고, 얽혀 있던 영혼들은 애써 도깨비 부대로 염을 불태웠다.

로켓도 강서준의 명에 의해 부단히도 움직여 수많은 인명을 구해 내는 데에 일조했다.

정신을 여러 군데에 나누느라 정작 밀트와의 싸움이 조금 소홀하여, 다치는 일도 발생했었지만.

결과적으로는 좋았다.

"네가 나한테 정신이 팔린 틈에 세상은 이리 활발하게 움직이고 있었다고."

밀트는 더 이상 강서준의 말을 들을 여유가 없었다.

하늘에서 쏟아지는 백스페이스의 무리는 편대비행을 하듯 녀석의 뒤를 쫓기 시작했으니까.

-이대로…… 죽을 것 같으냐?

밀트는 끈질기게도 반항하며 시스템에게 저항했다.

가히 오랜 세월을 살아온 영혼.

저 무지막지한 백스페이스를 상대로도 꽤 긴 시간을 버티는 걸 보면 확실히 괴물 같은 놈이다.

'저건…….'

하지만 곧 시스템으로부터 새로운 의지를 부여받은 존재가 나타나면서 상황은 급변했다.

강서준은 그 형태를 눈여겨봤다.

'백신 3단계.'

섭종 된 세계에서나 등장하던 녀석이 이내 이곳으로 현신하여 밀트를 구석으로 몰아넣었다.

허공에서도 백스페이스로 인해 더는 뭘 할 수도 없는 상황에 놓인 그는 부질없는 반항을 할 뿐이었다.

-상황을 분석합니다.

-3, 2, 1…… 완료.

-버그를 제거합니다.

백신의 3단계는 거침없이 밀트의 영혼을 제거해 나갔다.

닿기만 해도 소멸시키는 힘으로 밀트는 속절없이 죽음에 가까워지고 있었다.

어째 저 백신은 드림 사이드 1에서 봤을 때보다 더 강한 것 같은데…….

'본 서버라 그런가.'

—으아아아!

—버그를 제거합니다.

무수한 영혼의 그림자가 백신에 의해 제거되는 무자비한 풍경을 올려다보며, 일행은 말없이 침을 삼켰다.

츠츠츠츳!

상황은 금세 종료되었다.

━━◈◈◈━━

잠시 후, 밀트의 영혼이 완전히 소멸하는 것까지 확인한 강서준은 겨우 뇌신을 해제할 수 있었다.

"케이 님!"

잠시 부작용으로 몸을 비틀대자, 가까이에 있던 안센이 빠르게 그를 부축했다.

그가 걱정 어린 안색으로 물었다.

"괘, 괜찮으세요?"

"호들갑 떨 거 없어요. 그냥 지친 겁니다."

안센을 밀어낸 강서준은 일단 자신의 몸 상태를 관조해 보기로 했다.

안센에겐 괜찮다고 말을 하긴 했지만, 솔직히 그도 어떤 상태인지 장담할 수 없었다.

'……엉망진창이군.'

뇌신을 쓰기로 마음먹은 순간부터 이리될 줄은 알았지만.

생각보다 망가진 부분이 훨씬 많았다.

'초재생'이 활발하게 움직여 신체를 회복시켜도, 뇌신으로 인해 망가진 신체는 쉽게 재생되질 않은 것이다.

'역시 뇌신은 아직 무리야.'

강서준은 부득이하게 솟구친 피를 뱉어 내며 겨우 호흡을 가다듬었다.

감전된 듯 짜릿한 통증이 온몸을 관통하고 있었다.

'이 힘을 제대로 다루려면 더 성장하는 수밖에 없어.'

이제 와서 말하기엔 뭣한 얘기지만, 솔직히 뇌신을 제대로 쓸 줄만 알았더라면 '밀트' 정도야 가뿐히 처치할 수 있었는지도 모른다.

바이러스? 시스템 조작? 트래픽 과부하?

그딴 잡기술조차 빛보다 빠르게 움직이는 뇌신을 감당해 낼 수는 없다.

온전한 뇌신이었다면…….

밀트를 만나는 즉시 전기 통구이로 만들어 버렸을 것이다.

어쩌면 그 방대한 영혼조차 시스템의 힘을 빌리지 않더라도 모조리 불태워 버렸을지도 모른다.

'뇌신의 가능성은 무궁무진하니까.'

하지만 앞서 말했듯 강서준은 제대로 된 뇌신을 활용할 수 없었다.

몸이 뇌신을 버티질 못하기 때문이다.

"그나저나 유리나 씨는 괜찮아요?"

강서준의 안색을 살피던 안셴이 뒤늦게 떠올렸는지 황급히 유리나 쪽을 살피고 물었다.

"네, 네…… 그런 것 같아요."

그의 말마따나 유리나는 어느새 정신을 차려 파랑이와 해후를 나누고 있었다.

서로 끌어안고 토닥이는 걸 보면 언제 저렇게 친해졌나 싶다가도…… 조금 놀라게 된다.

'파랑이가 저리 잘 따르다니.'

제아무리 인간들 사이에서 자란 아이라고 해도 태생이 용인 파랑이. 그녀는 가능하면 인간을 가까이 두질 않았다.

기꺼이 따르는 듯해도 본능적으로 기피하는 게 종종 그의 눈에 보였던 것이다.

과연…… 주요 인물이라 가능한 걸까.

'근데 진백호한테도 저런 모습을 보여 준 적은 없던 것 같은데.'

"상대적으로 동질감을 느끼고 있는지도 모르지."

갑작스러운 목소리에 고개를 돌린 강서준은 옆에 선 한 남자를 발견할 수 있었다.

그는 태연하게 말했다.

"저 정도나 되는 마력을 보유한 사람은 흔치 않아. 절로 친근감이 들 수밖에 없지 않겠어?"

"……샛별?"

"강서준. 너 또 일을 거하게 해냈더라. 이게 다 뭐냐?"

거두절미하고 나타난 샛별은 유유자적 허공을 걸어 던전을 쭉 둘러보았다.

주인을 잃은 천년목은 목적도 모르는 채 그저 붙잡은 사람들의 생기를 빨아먹고 있었다.

"쯧…… 귀찮게스리."

투덜대면서도 샛별은 허공으로 키보드를 꺼내어 뭔가를 입력하기 시작했다.

곧 메시지가 나타났다.

[시스템으로부터 '긴급 점검'이 있겠습니다. 잠시 후, '플레이어'는 던전 외부 공간으로 방출됩니다.]

잠시 벙 찐 얼굴로 이를 보고 있노라니, 샛별이 씨익 웃으면서 말했다.

"어쨌든 고맙게 생각해. 덕분에 오랫동안 못 잡던 버그를 고쳤으니까."

샛별의 타이핑은 멈추지 않았다.

그의 손길이 닿을 때마다 던전을 뒤덮은 천년목의 크기는 줄어들고, 억류됐던 영혼들도 풀려나고 있었다.

강서준은 그들을 살피며 물었다.

"……천년목에 얽힌 영혼들은 어떻게 되는 겁니까?"

"산 자는 살 것이고 죽은 자는 죽게 되겠지."

꽤나 매정한 말이었지만 틀린 말도 아니었다. 강서준이 덧붙일 말은 없었다.

대신 그의 시선이 닿은 건, 테마 던전에서도 그의 상태를 알려 주는 상태창이다.

'그래도 89,126명이나 살았네.'

어느덧 상태창에 표기되었던 그의 번호는 156,111번에서 89,126번으로 바뀌어 있었다.

이는 밀트와의 접전을 통하여 66,985명이나 사망했다는 말과도 같았다.

"자책할 건 없어. 네가 아니었으면 이 던전에 살아남은 생명은 하나도 없었을 테니까."

강서준은 쓰게 웃으며 고개를 주억거렸다. 차츰 강서준과 안센의 몸이 희미해지고 있었다.

메시지대로 던전의 긴급 점검이 진행되는 듯했다.

강서준은 새삼스러운 눈으로 물었다.

"근데 이런 식으로 버그를 고칠 수 있는 거라면 여태 왜 대충 방치해 온 겁니까?"

"무슨 소리야?"

"로테월드도 그렇고, 재앙의 유성 때도 그렇고…… 굉장히 기초적인 오류라도 극단적으로 리셋부터 했잖아요."

솔직히 플레이어의 입장에선 그것만큼 억울한 일도 없다. 버그를 일으킨 당사자도 아닌데, 던전에 그대로 갇혀 버렸던 일이니까.

이번에 일을 진행할 때도 혹여나 던전이 리셋 과정으로 들어가진 않을까…… 얼마나 마음을 졸였던가.

"그야 쟤가 있으니까."

딱 한마디로 강서준은 납득할 수 있었다.

'유리나.'

무슨 이유에선지 주요 인물은 시스템이 큰 관심을 가지고 있었다.

"운 좋은 줄 알아. 아무리 너라도 버그에 엮이면 살아남는 건 불가능에 가까우니까."

아직 궁금한 건 많았지만 몸이 슬슬 붕 떠오른다는 걸 느낄 수 있었다.

그리고 뭘 더 말을 꺼내기도 전에 주변의 풍경이 변한다는 걸 알았다.

'긴급 점검'이라는 게 시작된 걸까.

다시 눈을 감았다 떴을 때는 그는 '후쿠오카'의 폐허 위에 서 있었다.

"으허어어…… 여긴 다 어디야?"

"살려 줘! 으악! 살려 줘!"

"으음? 여, 여기 설마!"

그리고 후쿠오카의 곳곳으로 사람들의 비명 같은 소음이
들려왔다.

무너진 폐허 더미를 들추고 수많은 노예가 곳곳에서 몸을
일으키고 있었다.

"후, 후쿠오카야! 여기 후쿠오카야!"

"그럼 던전을 나온 거야? 우리…… 산 거야?"

"우와아아! 살았어! 살았다고!"

하지만 환호하던 사람들은 이내 현실을 깨닫고 말았다. 조
금만 둘러봐도 도시의 정경은 빤히 눈에 보이고 있었다.

"……산 거지?"

후쿠오카는 어지간한 생존자가 던전에 빨려 들어가, 외부
엔 생존자가 거의 전무한 땅.

그나마 있던 이들도 리카온 제국인들에게 유린당해 죽었
더랬다.

즉 여긴 몬스터들이 종종 나타날 뿐. 근 1년 사이로 사람
이 이 땅을 밟은 경우는 극히 드물 것이다.

강서준은 이들을 둘러보며 일단 상념을 접었다. 우선 해야
할 일이 있었다.

다행히 근처로 이동된 안센을 발견할 수 있었다.

"일단 카게를 움직여 노예들…… 아니, 사람들을 진정시

켜 줄 수 있어요? 괜히 움직이지 말고 이 근방에 대기하도 록요."

"……알겠습니다."

후쿠오카에 생성된 던전은 '저주받은 도시'가 제일 크지 만, 그것만이 있는 건 아니다.

이 근방엔 부산처럼 방치된 던전이 수십 개가 있을지도 모르는 일.

가능하면 이 근방을 벗어나지 못하도록 막는 게, 희생자를 줄이는 방법이 될 것이다.

'우선 링링에게 연락해 보자.'

강서준은 핸드폰을 꺼내어 전화부터 연결했다.

링링에게 말해 '포탈'을 열거나, 유니온에게 구호를 요청 할 생각이었다.

각국의 기관이 공동 설립한 유니온이라면 '자국민'도 있을 후쿠오카의 시민들을 방치하진 않을 터.

근데 전화가 길도록 이어져도 상대 쪽과 연결되지 않았다.

–지금 고객님께서는 전화를 받을 수 없습니다. 연결이 되지 않아, 삐 소리 이후…….

미간을 구기며 몇 차례 전화를 걸어도 여전히 링링은 묵묵 부답으로 일관했다.

"바쁜가?"

잠시 혀를 찬 강서준은 이내 다른 사람에게도 전화를 걸어

봤다.

최하나, 김훈, 지상수…….

수차례 전화가 이어지지 않고서야 강서준은 뭔가 잘못돼도 단단히 잘못되었다는 걸 알았다.

"……뭔 일이 났군."

행여나 주파수를 못 잡는 걸지도 몰라 스마트폰의 상단도 확인해 봤다.

링링에 의해 한층 업그레이드된 그의 마력폰은 여전히 빵빵하게 주파수를 잡고 있었다.

실제로 인터넷도 제대로 연결되어 포탈 사이트 내용도 확인할 수 있었다.

그중 강서준은 상단에 자리한 한 가지 단어에 주목할 수 있었다.

"잠깐…… 이거 뭐야?"

듣던 중 참신한 개소리

그에게 들어온 몇 통의 문자.

용건만 간단히 적힌 그 내용은 들뜬 기분을 가라앉히기엔 충분했다.

어째 다들 전화를 안 받는다 싶더니만…….

'받을 수 없는 상태였군.'

강서준은 쓰게 웃으며 문자에 적힌 단어를 주목해서 읽어보았다.

[링링 : 재앙의 탑이 발발했어. 먼저 들어간다.]

[최하나 : 우리 먼저 들어갈게요. 늦지 마세요.]

"재앙의 탑이라⋯⋯."

재앙의 탑.

그저 난이도가 높은 던전에 불과하던 이곳은, 오늘날엔 그 의미가 남다를 것이다.

여긴 컴퍼니의 중대한 숙원이 담겼고, 수많은 NPC들이 노리는 유일무이한 S급 던전이니까.

'이스터 에그가 숨어 있다지.'

이스터 에그(Easter egg).

시스템 개발자가 게임 속에 숨겨 놓은 은밀한 프로그램.

부활절 달걀에서 비롯된 게임 용어인데, 간략히 정리하자면 다음과 같았다.

'지구를 재건할 수 있어.'

재앙의 탑에서 특별한 조건을 만족시킨 일부 플레이어는, 멸망한 세계를 복원할 기회를 얻는다.

'모든 걸 제자리로.'

이 세계에 드림 사이드가 도래한 적이 없었던 것처럼 되돌릴 수 있는 것이다.

강서준은 짧게 혀를 찼다.

"생각보다 꽤 공략이 진행됐겠어."

재앙의 탑은 일반적인 던전과 시간의 흐름이 달랐다.

밖에서의 1시간은 안에서의 3시간. 3배는 빠른 흐름으로 진행된다.

대략 이틀 전에 들어갔다고 했으니 그곳에선 약 6일이 지났을 것이다.

"게임에선 속도를 3배 빠르게 하는 걸로 퉁 쳤지만…… 현실에선 진짜 시간 차이가 날 테니까."

한숨을 푹 내쉬던 강서준은 진동하는 스마트폰을 내려다볼 수 있었다.

그래도 연결되는 쪽은 있었다.

-강서준 님? 돌아오셨군요!

대뜸 흥분한 목소리로 말을 건 상대는 '박명석'이었다.

현 아크의 대소사를 담당하는 중역이자, 서울의 리더라고 할 법한 인물.

-기다리고 있었습니다. 당장…… 당장 포탈을 열죠.

다급해 보이기까지 한 음성이었다. 하지만 강서준은 일단 그 행동을 제지하기로 했다.

"혹시나 묻는 겁니다만, 포탈의 최대 이용 인원은 어떻게 되는 겁니까?"

-네?

"제가 생존자를 조금 찾았거든요. 가능하면 같이 돌아가고 싶습니다. 어떻게 안 될까요?"

박명석은 잠시 고민하더니 물었다.

-몇 명이나 되죠?

"약 8만 명을 넘습니다."

─……네?

"역시 안 되겠죠?"

서울에서 후쿠오카까지 포탈을 여는 것만으로도 상당한 마력을 필요로 하는데.

숫자만 8만 명이다.

솔직히 링링이 있다고 해도 포탈을 제대로 운용할 수 있는지는 미지수였다.

'게다가 지금은 링링도 자리를 비운 상태야. 사실상 불가능한 부탁이겠지.'

박명석도 헛웃음을 지으며 답했다.

─유니온의 모든 마법사를 불러 모아도 가능할지 모르겠습니다.

박명석의 대답에 강서준은 애써 미련을 접었다. 솔직히 그가 생각해도 8만 명은 과할 정도로 많았다.

"혹시 제가 먼저 넘어가 마력을 보태는 건 안 됩니까?"

─좋은 생각입니다만…… 안 될 겁니다. 후쿠오카의 정확한 좌표는 링링 님만이 아시거든요.

박명석은 계속 말을 이었다.

─지금도 등록된 좌표를 단 한 번만 활성화시킬 수 있을 뿐. 같은 위치로 포탈을 열진 못할 겁니다.

현시대에서 포탈을 이용하는 가장 일반적인 방법은 양쪽에 포탈생성기를 건설하는 것이다.

이른바, 양방향 포탈.

'입구'와 '출구'로 좌표를 고정해야만, 마법사의 조정 없이도 포탈을 활성화할 수 있다.

ㅡ애초에 포탈생성기가 없는 후쿠오카로 포탈을 여는 건 링링 님이니까 가능한 일입니다.

강서준은 쓰게 웃으며 고개를 주억거렸다. 결국 먼저 서울로 돌아가 포탈을 다시 여는 건 안 된다는 얘기다.

'방법은 하나군. 단 한 번만 활성화되는 포탈로 8만 명을 이동시켜야 해.'

사실 몇 날 며칠이고 마법사들이 꾸준히 포탈에 마력을 충전시킨다면 못 할 것도 없다.

티끌 모아 태산이라지 않은가?

문제는 8만 명을 이동시킬 마력을 모으기 위해 얼마나 오랜 시간이 걸릴지 장담할 수 없다는 것이다.

'그렇게 오래 버티진 못해.'

후쿠오카는 아직 정리되질 못한 전쟁터였다.

당장은 이 근방에 몬스터가 없는 이유는 A급 던전 '저주받은 도시'의 영향이 아직 후쿠오카에서 강력하기 때문이다.

하지만 서버 점검에 들어간 사실이 인근의 몬스터들에게 알려졌을 때도 상황은 같을까?

당장 내일이 어찌 될지는 아무도 모른다. 몬스터들은 기회만 있으면 영역을 넓히고자 안달이 난 놈들이니까.

'게다가 샛별의 긴급 점검이 끝나면 저주받은 도시가 다시

열릴 거야.'

보스 몬스터가 '밀트'는 아니겠지만, 그 형식이 이전과 다르진 않을 것이다.

또한 만약 던전에 다시 고립된다면, 언제 공략될지 모르는 기약 없는 나날을 보내야 한다.

그건 강서준도 원치 않았다.

가능한 한 그 전에 플레이어들을 데리고 이곳을 빠져나가는 게 최선이었다.

'잠깐만, 포탈을 유지하는 마력만이 문제라면⋯⋯?'

강서준은 근처로 모여든 카게와 해후를 나누는 유리나를 살펴봤다. 해맑게 웃는 그녀를 보고 있으니 딱 하나 좋은 방법이 떠올랐다.

※

던전 '저주받은 도시'에서 노예로 살아왔던 대략 8만 명의 사람들.

그들 모두는 딱히 무어라 말하지 않더라도 강서준의 지시를 잘 따라 주었다.

자칫 돌발 행동이 있을까 우려했지만 그러는 일은 결코 벌어지지 않았다.

'노예로 살아온 1년이 도움이 되는 경우도 다 있군.'

저들은 1년을 넘도록 몬스터에게 핍박당한 경험만을 가진 사람들이었다.

구태여 뭐라 말을 꺼내질 않아도 굳이 무리를 떠날 생각은 없었고.

괜히 나대는 것보다 가만히 있는 게 생존율을 더 높여 준다는 사실을 누구보다 잘 알았다.

"이쯤이면 긴급 점검이 끝나더라도 던전으로 빨려 들어가진 않을 겁니다."

"여긴…… 공항이군요."

하카타역에서 그리 멀지 떨어지진 않았지만, 부서진 흔적은 특히 적은 곳이었다.

'즉 던전의 여파로부터 그나마 상태가 괜찮은 이곳이야말로 바로 '저주받은 도시'의 범위 밖이라는 거야.'

강서준은 힘겨운 몸을 이끌고 겨우 공항의 활주로에 자리를 잡는 사람들을 확인했다.

부서진 잔해물은, 영혼 부대에게 명령하니 금방 활주로를 정돈할 수 있었다.

"이곳이라면 행여나 몬스터의 습격에도 대응할 수 있을 겁니다."

뻥 뚫린 활주로는 몬스터들의 접근을 누구보다 빨리 알 수 있는 곳이었다.

그만큼 개방적이라 문제지만, 크게 걱정할 건 아니었다.

어차피 이곳을 지키는 무리는 따로 있으니까.

-목숨을 다해 지키겠나이다.

-저 또한 최선을 다하겠습니다.

라이칸과 오가닉에게 만에 하나를 대비하여 공항의 경비를 맡기기로 했다.

그들이 데리고 있는 영혼 부대라면, 인근에서 접근할 B급의 몬스터를 상대하기에 충분했다.

이어서 주변을 정찰하는 '알리'나 '로켓'을 차례로 둘러본 강서준은 이내 공터를 바라봤다.

[장비 '도깨비 왕의 반지'의 전용 스킬, '도깨비의 부름'을 발동합니다.]

츠츠츠츳!

공터엔 어느덧 트럭처럼 커다란 형체가 모습을 드러내기 시작했다.

녀석은 서서히 부리를 들고 하늘을 향해 크게 포효했다.

-끼아아아악!

그 소리에 화들짝 놀란 사람들이 기겁하며 비명을 질렀고, 강서준은 대뜸 녀석의 뒤통수를 후려쳤다.

"시끄러워."

-끼아악…….

덩치에 안 맞게 병아리 소리를 낸 건 '까마귀'.

리카온 제국의 목성에서 주워 온 '그래고리'의 영혼이다.

"그럼 갈까요?"

까마귀는 부리를 내리고 자세를 갖췄다. 그리고 강서준의 손을 잡은 유리나가 그 위에 슬쩍 올라탈 수 있었다.

"저, 정말 괜찮겠죠?"

"걱정 마요. 이래 봬도 이놈 A급 몬스터 출신입니다. 이 시국엔 최적의 비행기죠."

"그게 아니라……."

유난히 두려움에 떠는 유리나를 향해 파랑이가 손을 꼬옥 잡았다. 잠시 파랑이를 지켜보던 유리나도 애써 기운을 차렸다.

강서준은 그녀를 보며 말했다.

"안전하게 모실게요. 걱정 마세요."

그리고 강서준은 안센의 시선을 의식할 수 있었다. 8만 명에 다다르는 생존자들이 이쪽을 바라보고 있었다.

"오래 걸리지는 않을 겁니다. 먹을 것과 의사, 구조대를 데려올게요."

"네. 기다리고 있겠습니다."

까마귀는 날개를 활짝 펼쳐 높은 상공으로 쑤욱 날아올랐다.

강서준의 목적은 대단히 단순했다.

'마력이 문제라면 8만 명을 동시에 옮길 수 있는 배터리를 챙기면 될 일이야.'

즉 마력을 무한대로 저장할 수 있는 '유리나'가 함께라면 불가능한 일도 아니다.

'거기에 파랑이까지 가세한다면?'

어쩌면 후쿠오카의 모든 생존자가 순식간에 서울로 포탈을 타고 이동할 수도 있을 것이다.

'그러기 위해선 서울로 가야 해.'

포탈을 이용하는 게 아닌 육로로.

강서준은 유리나에게 말했다.

"떨어지지 않게 꽉 잡아요."

"네? 아깐 안전하게 가신다고……."

유리나는 더 말을 이을 수 없었다.

궤도에 오른 까마귀가 날갯짓을 한 번 하니 엄청난 속도로 앞으로 나아가기 시작한 것이다.

아래로 폭격이라도 당한 것처럼 형편없이 망가진 후쿠오카의 전경이 스치듯 지나갔다.

강서준은 바다를 가로질러 부산으로 넘어갈 생각이었다.

듣기론 진백호가 천안을 이미 공략해서, 철로를 막던 얼음은 모두 녹았다고 했으니…….

부산까지만 넘어간다면 어떻게든 서울로 빠르게 올라갈 방법이 있다.

'그 전에 바다부터 건너야겠지만.'

바다는 그 자체로 던전이었다.

과연 이곳에 어떤 몬스터가 서식하는지, 또는 얼마나 강한 몬스터를 마주칠지 알 수 없다.

이동 던전을 이용하는 게 아니고서야 '까마귀'를 타고도 쉽게 건너기 힘든 곳.

어지간해선 수많은 몬스터의 견제를 뚫고 지나가야 하는 곳일지도 모른다.

예전 같았다면 미친 짓이겠지.

'그래. 예전 같았다면 말이야.'

강서준의 시선은 까마귀의 위에서 뒹굴거리는 한 아이에게 닿았다.

"파파왕! 이제 집에 가는 거야?"

수룡 파랑이.

그녀가 함께하는데 그 어떤 몬스터가 감히 이 파티를 건들 수 있을까.

"응. 돌아가야지."

─끼아아아악!

까마귀는 빠르게 날갯짓을 하며 고속으로 주행을 이어 나갔다. 어느덧 주변으로 드넓은 바다만이 남아 있었다.

이렇게 푸른 바다 위를 가로질러 날아가는 것도 꽤 낭만적인 기분이 들었다.

아, 한 사람은 빼고.

"으으, 으아아아아앗!"

까마귀의 깃털을 꽉 붙든 유리나가 서글프게 비명을 질렀다.

그렇게 무서운가…….

'용아병의 날개'나 '뇌신'을 활용하며 이보다 더 빨리 날아본 강서준은 공감하기 어려웠다.

그리고 쓰게 웃으며 애써 그녀의 시선을 외면했다.

속도를 조금 더 늦춘다면 유리나도 강서준처럼 편안하게 느낄 수 있겠지만…….

미안하게도 그녀의 비명을 무시하고서라도 빠르게 바다를 건너가야 할 이유가 있었다.

'경쟁자가 있으니까.'

지구 어딘가에서 오래 숨을 죽여 왔을 컴퍼니 놈들이 재앙의 탑을 노리고 있다.

세계를 재건할 기회를 뺏기 위해.

그들만의 특별한 목적을 위해서.

상층부의 이스터 에그를 독차지하려는 그들의 야욕을 알고서도, 느긋하게 움직일 수는 없다.

'무엇보다…….'

박명석은 강서준에게 마지막으로 당부한 한마디가 있었다.

'연락이 끊겼다고 했지?'

시간의 흐름이 달라, 링링과의 연락은 아침, 점심, 저녁의 상황보고로 주고받았다고 한다.

당연히 전화는 안 터지고, 문자를 통한 일방적인 회신으로 이어진 연락이었다.

근데 그들이 던전에 입장한 지 채 하루 만에 돌아오는 답신이 없어진 것이다.

—무슨 일이 생긴 겁니다.

어쩌면 단순히 전파가 닿질 않는 곳에 들어갔는지도 모른다.

링링이 그저 까먹었거나 다른 바쁜 일이 있어 연락을 못 하는 걸 수도 있다.

—진짜 문제는 오늘 오전에 온 답장입니다.

"……답장이 왔다고요?"

—한 문장이었어요.

링링이 남긴 한마디의 문장.

[진백호가 납치됐다.]

일이 빌어먹게도 꼬여 가고 있었다.

후쿠오카에서 부산까지 바다를 가로질러 약 1시간.

가는 길목에 사이클론과 폭풍우를 만나 약간의 시간이 더 걸렸을 뿐.

A급 몬스터인 까마귀는 아주 훌륭한 비행 실력을 보여 줬다.

"우욱……."

강서준은 옆에서 헛구역질을 하며 도통 몸을 가누질 못하는 유리나를 살폈다.

안색이 새하얗고 금방이라도 졸도할 것처럼 몸을 바르르 떨고 있었다.

'고소공포증'이 있다더니만.

보는 그가 미안할 정도로 질색이 된 표정을 짓고 있었다.

"좀만 참아요. 이제 곧 땅입니다."

그래도 다행히 부산의 정경이 시야에 깔리고 있었다.

일전엔 도시의 기능이 완전히 마비되고, 몬스터들만이 가득하던 멸망한 도시.

'마계 부산'이라고도 불리던 땅.

'많이 변했네.'

오늘날 수많은 플레이어의 유입 덕분에, 어느 정도 옛 모습을 되찾은 부산이었다.

특히 깔끔하게 정돈된 해운대 인근에선 휴가를 즐기러 나온 플레이어 몇몇도 보였다.

바다의 몬스터를 일부 토벌했다는 방증이었다.

"강서준 씨! 여기입니다!"

까마귀를 조종해 부산역 근처로 기수를 돌렸다. 먼저 도착한 신우현이 손을 들어 반기고 있었다. 강서준은 신우현을 향해 물었다.

"생각보다 빨리 오셨네요?"

"네. A급 던전이 되니 이동 속도도 거의 KTX와 비슷하거든요. 이젠 아무도 이게 전철 출신이라고 생각하지 못할 겁니다."

신우현은 강서준의 뒤를 따라 겨우 땅에 내려앉은 유리나에게 시선을 돌렸다.

유리나는 땅과 하나라도 되고 싶은 건지 주저앉은 채로 쉽게 일어나질 못했다.

"근데 이분은……."

"유리나 씨입니다."

"아, 이분이 그분이군요. 극진히 모시겠습니다. 이쪽입니다!"

신우현은 능숙하게 일행을 이끌고 도깨비 특급열차의 특실로 안내했다.

도깨비성.

약 1시간의 비행 끝에 바로 기차에 탄다기에 꽤 긴장하던 유리나는, 생각지도 못한 성터를 둘러보며 낮게 탄식했다.

"정말…… 여기가 기차 맞아요?"

"정확히는 '이동 던전'이라 합니다. 앞으로 종종 애용하시게 될 겁니다."

신우현의 말은 사실이었다.

'도깨비 특급열차'는 한국에서 활동하는 플레이어라면 누구나 반드시 이용할 수밖에 없는 수단.

제아무리 비싸다고 해도 사람들은 울며 겨자 먹기로 타야만 하는 곳이었다.

'안전지대에서 던전까지 쉽고 빠르게 이동하는 방법은 오직 이것뿐이니…….'

요즘 들어 갈수록 이용 요금이 과하다는 원성이 늘어나고 있으면서도, 이용자의 숫자가 줄어들지 않는 걸 보면 얼마나 각광받는지 알 법했다.

'하여간 돈독이 올랐다니까.'

물론 지상수가 어떤 의도로 이용 요금을 과하게 부과했는지 이해하지 못할 바는 아니다.

'곧 포탈이 상용화될 테니까.'

머지않아 지구 전역에 상용화될 '포탈'은 이동 수단의 혁명으로 불릴 것이다.

과연 그때에도 굳이 이동 시간을 잡아먹는 '도깨비 특급열차'를 이용할까?

아마 수익은 예년 같지 않으리라.

지상수는 지금 돈을 당길 수 있을 때 최대한 당겨 두려는 목적으로 전력을 다하고 있는 것이다.

"아, 강서준 님. 사장님이 맡기신 물건이 있습니다."

"네?"

기차는 서울로 곧장 이동하는 와중에, 신우현은 강서준을 성내 창고로 안내했다.

용케 지문 인식 장치까지 설치해 보안만큼은 그 어느 곳보다 철저한 장소.

창고 가득 쌓인 다량의 물자가 그를 기다리고 있었다.

"필요하실 거라고 하셨습니다."

강서준은 물자의 내용을 찬찬히 둘러봤다. 그리고 그 전부를 살펴볼 것도 없이 무슨 목적으로 쌓인 물건인지 알 수 있었다.

'재앙의 탑 보급품이구나.'

재앙의 탑은 한번 들어가면 다시 나오기까지 꽤 번거로울 수밖에 없는 곳이다.

'저주받은 도시'처럼 나오는 게 제한되는 게 아니다. 던전을 나오는 것부터 여러 리스크를 감당해야 하기 때문이다.

'재앙의 탑은 로그라이크의 특징을 가졌으니까.'

로그라이크 종류의 게임은 죽거나 공략에 실패하면 1층부터 다시 시작해야 하는 특징이 있다.

또한 무슨 이유에서든 던전 밖으로 나간다면, 역시 1층부터 재도전해야 한다.

'나올 수는 있지만 나오면 안 되는 던전.'

과거의 플레이어는 그 귀찮은 특징 때문에라도 재앙의 탑 공략을 포기한 이들도 많았다.

무엇보다 여긴 악랄한 난이도에 비해 보상이나 경험치를 많이 챙겨 주는 던전도 아니었다.

게임을 하던 플레이어들에겐 큰 메리트가 있는 곳도 될 수 없는 것이다.

'먹을 것부터 옷, 각층의 퀘스트 재료 템이나 필요한 아이템까지 전부 정리해 뒀네.'

새삼스럽지만 지상수의 철두철미한 준비성에 감탄할 수밖에 없었다.

이 정도라면 재앙의 탑에서 일주일은 물론, 한 달은 거뜬히 지내겠는걸?

'……씨앗은 또 뭐야.'

안에서 키워서 먹는 구황작물까지 보관해 둔 걸 보면, 대체 몇 수의 앞까지 보고 있는지 궁금할 지경이다.

이 정도면 재앙을 앞두고 마지막까지 모든 걸 지키려는 '시드보관소'라 해도 이상하지 않다.

'자, 문제는…….'

강서준은 물자를 쭉 둘러보며 저도 모르게 입맛을 다셨다.

그가 아는 지상수라면 여기서 끝은 아닐 것이다.

철두철미하고 수전노 같은 그가 과연 이걸 강서준에게 선물하려고 모아 뒀을까.

강서준은 거두절미하고 물었다.

"……그래서 얼마죠?"

"가격은 아래에 적혀 있습니다."

역시 공짜는 아니었다.

❦

서울 광화문.

도착하자마자 포탈부터 활성화하기로 한 강서준은 유리나의 힘이 닿은 포탈생성기를 보며 나지막이 탄식했다.

'이건 생각보다 더…….'

무한에 가까운 마력을 보유한 덕일까? 기대했던 것 이상으로 훨씬 커다란 크기의 포탈이 열리고 있었다.

이 정도면 정말 후쿠오카의 시민들이 동시에 이곳으로 넘어올 수 있을지도 모르겠다.

"다들 뒤로 물러나요!"

PP(Player Police)의 도움을 받아 구경꾼들을 뒤로 물린 강서준은 본격적으로 포탈을 가동했다.

곧 백귀들에게 뒤를 따라 후쿠오카의 시민들이 포탈을 넘어오기 시작했다.

"여긴……."

"……흐어어."

"도착한 건가?"

"우, 우와아아……."

조심스레 광화문에 들어선 후쿠오카의 시민들은 눈치를 보며 쭈뼛대고 있었다.

오랜 노예 생활로 인하여, 일단 나대지 않고 가만히 있는 게 상책이라는 걸 온몸으로 깨달은 자들.

안센도 마찬가지로 조심스러운 태도로 주변을 둘러보더니 바로 강서준에게 다가왔다.

"괴, 굉장합니다. 여긴…… 정말 아무 일도 벌어지지 않은 곳 같아요. 어떻게 이리 멀쩡할 수 있는 거죠?"

안센이나 다른 후쿠오카의 시민들은 촌사람이 처음 도시로 상경한 것처럼 연신 주변을 둘러보기에 바빴다.

아무래도 모든 게 무너지고 망가져 버린 후쿠오카에서 넘어온 길이었다.

더더욱 체감이 컸겠지.

강서준도 그들을 따라 서울의 정경을 쭉 둘러보더니 나지막이 입을 열었다.

"아무 일도 벌어지지 않은 게 아닙니다."

"네?"

"무너진 세계를 다시 일으켰을 뿐이죠."

서울은 후쿠오카 못지않게 멸망한 도시 중 하나였다.

인구가 대략 천만 명이던 대도시. 그만큼 던전의 개수도 어마어마한 곳이었다.

한때는 먹을 게 부족하여 생존자들은 굶어죽을 위기에 내몰리기도 했고.

마족의 침공으로 인하여 도심 전체가 전쟁터로 변한 적도 있었다.

'그저 사람들이 뭉치고 성장하여 지금의 서울을 다시 만들어 낸 거야.'

강서준은 쓰게 웃으며 포탈에 마력을 공급하던 유리나에게 시선을 돌렸다.

"파랑아, 유리나 씨 좀 거들어 줄래?"

그릇의 크기만 클 뿐.

진백호처럼 외부의 마력을 끌어다 쓰는 게 아닌 한 유리나에게도 한계는 있다.

슬슬 그녀로부터 흘러가는 마력이 줄어들었고 기운이 빠지는 게 눈에 보였다.

역시 약 8만 명에 다다르는 인구를 이곳 광화문까지 이동시키는 건 보통 일은 아니었다.

강서준은 유리나에게 다가가는 파랑이에게 걱정을 담아

말했다.

"너도 무리하지 말고 지치면 말해. 나도 있으니까."

"……나 혼자서도 충분하거든?"

툴툴대는 파랑이를 보며 강서준은 잠시 고개를 갸웃했다.

착각이 아니라면, 잠깐 못 본 사이에 파랑이한테 뭔가 심경의 변화가 온 것만 같았다.

'뭐지? 사춘기인가?'

생각해 보니 꽤 그럴 법했다.

파랑이의 정신이 성장하는 속도는 인간의 기준으로 봐서는 안 된다.

한 달 만에 10살에 가까운 지능을 가졌던 아이가 아닌가?

슬슬 10대 중반은 다다랐을 때가 되긴 했다.

강서준은 어깨를 으쓱이며 답했다.

"네가 다 할 수 있으면 다행이지 뭐."

"흥……."

강서준은 쓰게 웃으며 파랑이를 일별했다. 그에게 다가오는 또 다른 인기척이 있었다.

박명석은 광장을 둘러보며 말했다.

"굉장하군요. 후쿠오카에 이렇게 많은 생존자가 있었을 줄은 상상도 못 했어요."

어느덧 광화문 광장이 대피한 생존자들로 가득 들어찰 즈음이었다.

강서준은 박명석과 함께 나타난 일련의 무리를 발견할 수 있었다.

"이분들이 2차 원정대입니까?"

박명석은 고개를 끄덕이며 가장 가까이에 선 사내부터 소개해 주려 했다.

하지만 그가 먼저 나서 악수를 청했다. 강서준도 잘 아는 사람이다.

"오랜만이오."

아리수 길드의 길드장 '김영훈'은 전보다 꽤 수려한 안색으로 그를 마주했다.

'레벨은 꽤 올린 모양이네.'

그도 몬스터 파크를 통해 엄청난 성장을 이룩한 플레이어 중 하나로 불렸다.

나중에 들어 안 사실이지만, 그는 무려 '조선제일검'이라 불리는 '무휼'의 영혼을 섬기게 됐다나 뭐라나.

"근데 생각보다 인원이 좀 많네요?"

수호 길드의 '박동수'나 진리의 추구자도 모였다. 모인 파티의 인원은 그들의 길드원까지 합하면 벌써 10명이 넘었다.

"그렇게 됐습니다. 죄송합니다."

구태여 다른 변명은 하지 않는 그를 보며 강서준은 말없이 미간을 구겼다.

오히려 그는 강서준의 눈치를 살피더니 더더욱 황당한 말을 입에 담았다.

"아마 유니온에서 파견된 인원도 추가될 겁니다. 전부 모이면 대략 100명은 족히 넘을 거예요."

그 말에 강서준은 질색하는 표정을 지었다. 이들이 무슨 생각으로 그리한 건지 도통 이해할 수 없었다.

"……어디 단체로 관광이라도 갑니까?"

재앙의 탑을 공략하는 1차 원정대는 '천외천 8명'으로 구성된 소규모 파티였다.

그리고 재앙의 탑은 난이도가 어렵기로 유명한 S급 던전이자, 세계를 재건하는 기회가 있는 유일한 곳이었다.

각종 수식어만 봐도 쉽지 않은 이곳을, 왜 그들은 8명이라는 소수를 고집해서 들어갔겠는가?

여기엔 아주 단순한 이유가 있다.

'재앙의 탑은 인원수에 비례해서 난이도가 올라가는 던전이니까.'

플레이어는 재앙의 탑에 들어가면서 층마다 공략해야 할 미션을 받게 된다.

그리고 그중 종종 아이템을 모아야만 해당 층을 돌파하는 경우도 있었다.

'그땐 진짜 답도 없게 돼.'

고작 1개씩만 구해도 될 아이템을 100개나 구해야만 한다.

만약 그 아이템이 몹시 희귀하고, 하루에 하나밖에 나오질 않는 거라면?

서로 갈려서 따로 층을 올라가는 게 아닌 한, 100일을 꼬박 해당 층에 묶여야만 하는 것이다.

이는 몬스터 사냥도 마찬가지였다.

'1마리를 사냥할 일이 100마리를 잡아야만 끝나.'

즉 재앙의 탑에 괜히 수많은 인원을 데리고 들어가는 건 되레 독이었다.

강서준은 단호하게 말했다.

"100명은커녕 10명도 많아요. 전부 돌려보내세요."

"그게 강서준 님. 실은……."

박명석이 거기까지 말했을 때였다.

"여기서부터는 제가 설명하죠."

인파를 헤치고 모습을 드러낸 한 외국인 남성이 있었다.

반듯한 정장을 한 그는 푸른 눈을 치켜뜨며 큰 목소리로 말을 이어 나갔다.

"이번 2차 원정은 유니온의 회의 결과에 따라 엄선된 인원만이 참여하기로 결정되었습니다. 각국의 주요 인사를 포함하여 107명만이 이번 원정에 참여할 예정이죠."

그는 강서준을 바라보며 단언하듯 말했다.

"그러니 케이."

"?"

"원정대의 일원으로 뽑히지 않은 당신도 이번 원정에 참여할 수 없다는 얘기입니다."

듣던 중 참신한 개소리가 아닌가.

헛웃음이 나왔다.

2차 원정대의 인원이 107명이라는 것도 황당한 일인데.

아예 재앙의 탑 공략에 참여조차 하지 말라고?

도대체 무슨 생각으로 그런 말을 내뱉을 수 있는지 진심으로 궁금해졌다.

남자는 여전히 확고한 말투로 말을 이어 나갔다.

"모두 유니온의 뜻입니다. 케이 님은 다음 원정에 지원을 하셔야 될 겁니다."

강서준은 푸른 눈의 사내를 가만히 눈여겨봤다.

그가 누구인지는 옆으로 다가온 박명석이 슬쩍 귀띔을 해주어 쉽게 알 수 있었다.

'유니온 영국 지부장, 바이드.'

차례로 그 옆으로는 유럽 지부부터 미국, 중국…… 심지어 한국인까지. 각국의 간부들이 나란히 서 있었다.

바이드는 강경한 어조로 말했다.

"케이, 당신도 협조해 주시죠? 유니온은 곧 세계의 의지. 우리들이 엄선한 원정대는 공정하게 재앙의 탑을 공략해야 합니다."

"……공정이라고요."

"네. 우리들은 더는 천외천이 상위 던전을 독식하던 행태를 좌시하지 않기로 했으니까요."

강서준은 말없이 바이드를 비롯한 각 지부의 플레이어들을 쭉 둘러보았다.

그리고 그제야 저들의 행동이 어떻게 발생하게 됐는지 이해할 수 있었다.

'기고만장해진 거로군.'

지난 '몬스터 파크'를 통해서, 아마 수많은 플레이어가 엄청난 성장을 거듭했을 것이다.

천외천 부럽지 않을 정도의 많은 경험치, 스텟…… 아이템마저 보충했겠지.

거기다 일주일 만에 갑자기 올라가 버린 실력은 여태 싸워왔던 그 어떤 몬스터도 수준이 낮아 보이게 만들었을 것이다.

'S급 던전이 우스워 보이는 거야.'

그러지 않고서야 '독식'이란 말을 할 수나 있을까.

강서준은 거두절미하고 물었다.

"당신들, 재앙의 탑이 어떤 곳인지 제대로 조사는 한 겁니까?"

"물론이죠. 이미 철저하게 조사를 마쳤고 믿을 만한 정보기관에 의뢰하여 교차 검증도 끝냈어요."

"그런데도 107명이나 원정에 참여시키겠다고요? 재앙의 탑은 인원에 비례해서 난이도가 올라간다는 걸 알면서도 요?"

"공략의 기회는 공평해야 하니까요. 랭커들만이 혜택을 가져가는 구조는 바뀌어야 합니다."

강서준은 할 말을 잃었다.

바이드는 무슨 정의의 투사라도 된 것처럼 열을 올리고 있었다.

그의 생각에 동조한 다른 플레이어들도 고개를 주억거리며 환호하는 소리도 들려왔다.

'도통 말이 통하지 않는군.'

세상에서 가장 골치 아픈 사람은 무지한 것보다, 잘못된 신념을 옳다고 믿는 자들이라던가.

그리고 바이드는 현재 자신의 행동이 옳다고 여기기에, 그 선택에 주저함이 없었다.

강서준은 짧게 혀를 찼다.

'틀린 말은 아니야. 공략의 기회는 누구에게나 열려 있어. 굳이 천외천의 전유물이 될 필요는 없어.'

아마 바이드의 논리 중 이 부분만큼은 틀리지 않았다.

리트리하도, 링링도 그 어떤 천외천도 그 부분에 있어 부정할 사람은 없을 것이다.

'그래. 공략할 수 있다면 말이지.'

S급 던전은 누구나 공략할 수 있는 기회를 제공해야 할 유

형이 아니다.

천외천조차 목숨을 걸어야 하는 아주 위험하고 난이도도 극악인 던전!

특히 재앙의 탑은 그 난이도가 높기로 유명했다.

로그라이크의 특징 때문에 보급도 제한적이며, 만약 가지고 있는 아이템을 전부 소비했을 때는 자급자족할 리스크도 감당해야 한다.

이번 임무에 괜히 천외천의 모든 인물이 1차 원정대의 구성원이 된 데엔 그만한 이유가 있는 것이다.

'거기다 경쟁자도 있는 마당에 공략 속도를 늦추는 선택을 하면 어쩌자는 거야?'

하지만 기고만장한 바이드나 다른 플레이어들을 도통 물러날 생각이 없었다.

그 모양이 마치 욕심만 갖고 불로 뛰어드는 불나방처럼 보였다.

바이드는 강서준을 향해 말했다.

"물론 특별히 케이 님께는 원정대에 참여할 수 있는 기회를 드리고 싶습니다."

"……?"

"들어 보니 유리나 씨도 주요 인물이라죠? 그녀를 넘기시죠. 그러면 원정대의 일원으로 인정해 드리겠습니다."

'정말 가지가지 하는군.'

강서준은 한숨을 푹 내쉬다 문득 그의 눈치를 살피는 박명석과 시선이 마주쳤다.

오랜 시간 아크를 이끌어 온 2인자이자, 이젠 명실상부 서울을 담당하는 중역.

눈치는 빠르기로 유명했고, 머리는 링링 못지않게 똑똑한 그가 이 상황을 예상하지 못했을까.

박명석은 시선을 마주치자마자 괜히 딴 곳을 보며 눈을 피하고 있었다.

'이 인간 설마…….'

한편 바이드는 대답이 없는 강서준을 보며 입꼬리를 씨익 올려 웃으며 말했다.

"그럼 케이 님도 동의한 걸로 알고……."

"하, 진짜."

강서준은 신경질적으로 중얼거리며 재앙의 유성검을 꺼내어 땅을 스윽 긁었다.

돌로 이루어진 땅이 너무나도 쉽게 잘려 나가고, 기다란 실선이 생겨났다.

화들짝 놀란 바이드나 다른 플레이어들은 기겁하며 뒤로 물러났다.

"무, 무슨 짓이죠?"

강서준은 이기어검술로 길게 선을 그어 놓은 뒤에야, 재앙의 유성검을 회수했다.

그리고 좌중을 향해 말했다.

"지금부터 이 선을 넘으면 모조리 벨 거야."

"무, 무슨?"

"원정대고 나발이고 다 내 뜻대로 할 거니까. 귀찮게 나대지 말라고."

바이드는 새빨갛게 달아오른 얼굴로 소리쳤다.

"당신…… 지금 누구에게 칼을 겨눈 건지 알고 있습니까?"

"누군데."

"우린 유니온입니다! 세계의 평화를 수호하고 이 세계의 안정을 위해 노력하는……!"

빽빽 외쳐 대는 그의 얼굴을 보며 강서준은 정말로 웃겨서 조소를 머금었다.

권력을 등에 업고 그를 억누를 생각인 모양인데.

문득 오래전에 보았던 드라마 속 주인공의 대사가 떠오른다.

훈민정음을 창제한 세종대왕이 주인공인 드라마였는데…… 해당 배역이 아주 찰지게도 이런 말을 했더랬다.

"지랄하고 자빠졌네."

강서준의 말에 사람들의 얼굴이 삽시간에 굳어졌다. 몇몇은 겁도 없이 무기를 빼어 들었다.

확실히 몬스터 파크를 통해 대단한 레벨 업과, 스텟, 엄청난 장비를 갖춘 모양이다.

잠시 뒤로 물러났던 바이드는 그들의 기세에 힘입어 더욱 큰 목소리를 냈다.

"세계를 적으로 돌릴 셈입니까?"

"……."

"자기 자신의 안위를 위하여 세계를 저버릴 셈이냐고요!"

바이드의 외침에 따라 광화문의 곳곳에서 꽤 수준이 높은 랭커들이 속속 모습을 드러냈다.

외관상 한국인뿐만 아니라 국적도 다양했다. 세계 곳곳에 흩어졌던 플레이어들인가?

뭘 믿고 나대나 싶더니만.

'몬스터 파크에서 참 다양하게도 인맥을 쌓아 놨군.'

강서준은 그에게 무기를 겨눈 플레이어들을 쭉 둘러봤다.

놀랍지만 몇몇은 400레벨은 넘는 초고렙의 플레이어들.

거짓말이 아니라 '천외천'에 비견되는 수준도 보였다.

지구 곳곳에 숨어 있던 은거기인들…… 아무래도 유니온엔 그들을 주축으로 한 새로운 세력이라도 자라난 모양이다.

'용이 없으니 뱀이 날뛰는구나.'

강서준은 싸늘하게 웃으며 말했다.

"그러는 너희는 날 적으로 돌릴 생각이야?"

스거어어억!

은근슬쩍 암살자 계열의 플레이어가 '은신 스킬'로 접근하기에, 별안간 그 자리에 나타난 라이칸은 그 발목을 베었다.

"끄으으아아아악!"

비명이 터지고 사람들의 얼굴에 동요가 생겨났다. 몇몇은 진짜 칼부림이 일어날 줄 몰랐는지 몹시 당황한 눈치였다.

라이칸은 잘려 나간 발목을 슬쩍 밀어내며 말했다.

"선 넘었다."

이에 가까이에 있던 플레이어 몇몇이 분기를 참지 못하고 무기를 꼬나 쥔 채로 선을 다시 넘었고.

스거어어억!

또 한 번 라이칸의 검이 창졸간에 다가온 이들의 발목을 베어 내기에 이르렀다.

라이칸은 친절하게 잘려 나간 발목을 다시 선 너머로 던져 줬다.

"운 좋은 줄 알아라. 왕께서 명령하지 않았다면…… 너희들은 모조리 머리를 잃었을 테니."

라이칸이 기세를 발출하자 분위기는 더더욱 살벌해졌다. 강서준은 천천히 앞으로 다가가 바이드를 비롯한 이들을 바라봤다.

"잊었나 싶어서 다시 말해 줄게."

강서준은 본격적으로 기운을 밖으로 꺼내기 시작했다. 굳이 이들을 상대로 뇌신까지 꺼낼 필요는 없을 것이다.

가지고 있는 마력이 겉으로 드러나자, 놀랍게도 가까이 근접했던 플레이어 몇몇의 무릎이 절로 꺾이기 시작했다.

종종 용이 인간을 농락할 때 사용하던 그들만의 전유물과
도 같은 기술.

'마력으로 만드는 중력.'

특별한 기술명도 없는, 그저 강대한 마력으로 범위 내의
플레이어를 짓누르는 것이다.

어느덧 바닥에 처박힌 플레이어들은 강서준을 향해 고개
도 바짝 들 수 없었다.

"난 케이다. 죽고 싶으면 언제든지 방해해 봐."

잠시 후, 인파가 없어져 한층 고요한 광화문에서 박명석은
약간 꼬시단 얼굴로 말했다.

"바이드 그 양반이 그런 표정을 짓는 건 실로 오랜만입니
다. 정말 좋은 구경을 했어요."

"……아는 사람입니까?"

"네. 바이드는 저와 마찬가지로 드림 사이드 이전부터 정
치인이었거든요. 몇 번 마주친 적이 있어요. 뱀 같은 늙은이
입니다."

괜히 몸을 부르르 떤 박명석은 입꼬리를 실실 올려 대며
웃었다. 그를 보며 강서준은 나지막이 입을 열었다.

"이번이 마지막입니다."

"네?"

"절 정치에 이용하는 일요. 다음엔 박명석 씨라도 봐주진 않을 겁니다."

"……알고 계셨습니까?"

박명석은 어깨를 으쓱이며 말했다.

"미안합니다. 그래도 변명하자면…… 천외천이 없는 지금. 저들의 위세를 꺾을 필요가 있었습니다. 진심으로 사과드립니다."

바로 저자세로 나오는 그를 보며 강서준이 무어라 더 말을 쏘아붙일 타이밍을 잃었다.

정치인이라 그런가?

대화의 주도권을 가져가는 데엔 정말이지 탁월한 능력을 갖추고 있었다.

강서준은 새삼스러운 눈으로 그를 보았다.

'박명석.'

하기야 그는 드림 사이드 이전부터 이후에도 계속하여 정치를 해 온 '정치 특화 플레이어'였다.

그 재능을 인정받아 현재는 아크를 담당하는 중역을 훌륭하게 해내고 있질 않은가.

박명석은 괜히 화제를 돌렸다.

"그나저나 괜찮겠어요?"

"뭘요?"

"인원이 너무 줄어들었잖아요."

현재 포탈의 앞에 선 건 강서준을 포함하여 고작 네 명이었다.

"충분해요."

강서준의 시선에 가장 먼저 닿은 사람은 그가 제일 먼저 호명하여 건너온 한 플레이어.

재앙의 탑을 공략하려면 필연적으로 필요할 수밖에 없는 직업을 가진 여자였다.

'연희연.'

몬스터 파크까지 경험하며 한층 성장한 그녀는 어느덧 한국의 성녀라고도 불렸다.

실제로 그녀가 가진 스킬은 누구보다도 효율적인 치료술이었고, 던전에서 상당히 유용했다.

'다음은 안센과 유리나.'

유리나야 주요 인물이니 당연했고, 안센은 레벨이 조금 낮아도 충분히 도움이 된다.

'그의 노예 생활은 헛되지 않았으니까.'

광산에서 그가 가장 많이 한 일이 무엇이겠는가.

광석을 캐내고, 부수고…….

따지고 보면 모두 대장장이와 관련된 일이고, 내내 그 일만 해 온 안센의 스킬 등급은 상당히 높은 편이었다.

즉 전투를 못할 뿐이지. 장비를 만지는 데에 있어서 그는

상위0.001%
랭커의귀환

여전한 '천외천'이라는 것이다.

'재료만 충분하다면 말이지.'

그리고 레벨이야 대충 버스라도 태워 주면 될 일이다.

S급 던전에서의 사냥은 숨만 쉬는 것만으로도 엄청난 폭업의 경험을 제공해 줄 테니까.

'무엇보다 로그라이크 던전이야. 금방 강해질 수 있어.'

박명석은 쓰게 웃으며 말했다.

"3대 길드장에겐 아쉽게 탈락했다고 전해 드릴게요."

"……연기는 그만하세요. 그 사람들도 처음부터 던전에 들어갈 생각은 없었잖습니까."

3대 길드는 만에 하나라도 전투가 벌어질 것을 대비한, 박명석의 용병이었다.

일종의 방지턱 같은 존재.

물론 강서준이 생각보다 훨씬 강하고 압도적이었기 때문에 전혀 쓸모없어졌지만 말이다.

박명석은 쓰게 웃으며 말했다.

"그럼 언제 출발하실 예정입니까?"

강서준은 어깨를 으쓱이며 답했다.

"박명석 씨…… 세상에서 가장 최적의 시기가 언제인지 아십니까?"

"글쎄요. 준비를 마쳤을 때?"

"아뇨. 제가 원하는 답은 그게 아닙니다."

그리고 거두절미하고 말했다.

"지금이요."

"네?"

"지금 출발할 거라고요."

재앙의 탑

으리으리하게 솟은 빌딩이 도미노처럼 쓰러졌고, 오래 굶주려 죽어 버린 해골처럼 앙상한 철골만 드러난 도시.

한때는 세계의 상업과 금융, 문화의 중심지라 불리던 '뉴욕의 맨해튼'은 마치 다 타고 남은 잿더미와 같았다.

연희연은 탄식하며 말했다.

"살다 살아 맨해튼에 다 오게 될 줄은 몰랐는데요······ 기대했던 것과는 많이 다르네요."

강서준은 고개를 주억거리며 맨해튼의 전경을 둘러보았다.

믿기진 않지만, 이곳은 불과 얼마 전까지만 하더라도 서울처럼 많은 복구가 완성되었던 대도시였다.

마일리의 기업이나 유니온이 합심하여, 새롭게 재구성한 뉴욕은 차츰 예전의 모습을 찾아가고 있었더랬다.

"운이 나빴죠."

하지만 맨해튼의 풍경은 드림 사이드 1이 처음으로 오픈했을 때보다 훨씬 더 끔찍하게 변하고 말았다.

그나마 멀쩡했던 빌딩이 무너지고, 지반은 뒤틀려 지하철로가 육지로 삐죽 솟았다.

한 차례 멸망했던 도시를 굳이 초토화시키려고 핵폭탄이라도 떨어트린 것 같았다.

아마 틀린 비유도 아니겠지.

"하필 '재앙의 탑'이 이곳, 뉴욕 맨해튼에 생겨나고 말았으니까요."

강서준은 한숨과 함께 무너진 맨해튼을 다시 한번 눈여겨보았다.

듣기로는 아직 도시 곳곳엔 고립된 플레이어나 시민들도 많이 있다고 했다.

그리고 그들의 생사는 당장 장담할 수 없을 정도로 위태롭다고도 했다.

재앙의 탑이 발발하고 파생된 '던전 브레이크' 현상이 아직도 진행 중이기 때문이다.

'문제는 이 던전 브레이크는 멈추지 않을 거란 거야.'

재앙의 탑은 그 이름답게 온갖 '재앙'을 몰고 다닌다.

내부에는 '재앙'을 부르는 각종 몬스터를 육성 중이며, 던전 외부로는 온갖 재앙을 현실로 만들어 버린다.

굳이 '지구의 재건'이란 미션이 없더라도, 당장이라도 공략을 완수해야 하는 던전인 것이다.

모르긴 몰라도 이게 링링이 애써 강서준을 기다리지 않고 파티원을 조직해서 떠난 이유 중 하나겠지.

'재앙의 탑은 놔둘수록 그 재앙을 크게 부풀리니까.'

나중엔 재앙의 탑까지 가는 길만으로도 충분히 고역이 된다.

만약 수십 가지의 재앙을 뚫어야만 겨우 도착할 수 있다면? 플레이어들은 도착도 전에 지치고 말 것이다.

재앙의 탑은 초기에 발견해서 근본부터 뽑아 버리는 게 최선이다.

'암 덩어리 같은 거지.'

강서준은 일행을 이끌고 포탈 인근을 벗어나, 맨해튼의 중심으로 더더욱 진입했다.

점차 위협적으로 다가오는 풍경.

연희연은 바닥에 널브러진 누군가의 시체를 살피며 작게 몸을 떨었다.

"근데 여기 어디에 재앙의 탑이 있을까요?"

"위치상으로는 타임스스퀘어 자리가 그대로 던전으로 변했다고 했습니다."

"흐음······."

연희연은 미간을 찌푸리며 중얼거렸다.

"근데 가장 중요한 '탑'은 보이질 않잖아요. S급 던전이라면 멀리서도 보일 줄 알았는데."

연희연의 말마따나 S급 던전 정도라면 수백 미터 밖에서도 그 형태가 보여야 한다.

후쿠오카의 A급 던전 '저주받은 도시'도 그 포탈의 형태가 먼 거리에서 관측된 것처럼.

'재앙의 탑'은 응당 맨해튼에 도착하자마자 두 눈에 보였어야 정상이 아니냐는 의견이다.

설마 던전인 주제에 '던전 브레이크'로 인해 무너졌을 리는 없고.

강서준은 어깨를 으쓱이며 답했다.

"걱정 마세요. 보기 싫어도 조만간 바로 찾게 될 테니까."

그리고 피로 물든 아스팔트와 무너진 건물 더미를 건너, 타임스스퀘어가 있었을 공간에 도착했을 즈음이었다.

연희연은 그제야 강서준이 한 말을 납득할 수 있었다.

"이래서······."

강서준은 쓰게 웃으며 길이 '끊어져' 버린 정면을 응시했다.

정확히는 커다란 형태로 구멍이 나 버린 타임스 스퀘어의 정경, 직경 수 킬로미터에 달하는 싱크홀이다.

"재앙의 탑은 이 아래에 있어요."

깎아지를 듯 뻥 뚫린 싱크홀 아래로는 까마득한 어둠이 아가리를 벌리고 있었다.

괜히 으스스한 BGM이 들리는 듯했고, 온도도 한층 더 낮아진 느낌이다.

이는 단순한 착각이 아니다.

[스킬, '류안(S)'을 발동합니다.]

강서준의 눈엔 싱크홀 아래에서 파생되는 막대한 흐름이 보이고 있었다.

'많기도 하네.'

말했듯 재앙의 탑은 지속적인 던전 브레이크를 생성하는 특수한 형태의 던전이다.

그리고 재앙의 탑이 생성된 지 며칠 지난 현시점이라면…… 그만한 숫자의 몬스터가 밖으로 뛰쳐나왔을 것이다.

"이 싱크홀 자체를 A급 던전으로 봐도 될걸요?"

"……A급."

"뭐, 걱정 마세요. 연희연 씨를 괜히 데려온 게 아니니까."

연희연은 걱정이 가득한 얼굴로 애써 고개를 끄덕였다. 그리고 손끝으로 서서히 마력을 끌어 올려 주변으로 흩뿌리기 시작했다.

[플레이어 '연희연'이 스킬, '새벽의 고요(B)'를 발동합니다.]

츠츠츳!

순식간에 일행의 몸을 뒤덮은 빛은 따스한 주황빛이었다.

본래 '새벽의 고요'는 심신의 안정을 가져다주는 효과가 전부인 명상용 스킬.

힐러들이 어떤 순간에 닥치더라도 가능한 한 평정심을 유지하도록 돕는 버프 스킬이었다.

'하지만 재앙의 탑에서만큼은 이 스킬이 최고의 치트키가 된다.'

이제야 A급 던전에 겨우 발을 디딜 법한 연희연을 이곳에 왜 데려왔겠는가.

'성녀'의 자질을 가져서?

'힐러'로의 수준이 탁월해서?

아니다. 들어 보니 그녀는 '새벽의 고요'를 B급 수준으로 익혔다고 했기 때문이다.

"죄송해요. 최대 5분이 한계예요."

"충분합니다."

거두절미하고 강서준은 켈을 소환해 정령을 다룰 수 있었다.

바로 마법으로 허공에 떠오른 그들은, 싱크홀로 수직 낙하를 개시했다.

아래로 내려가면서 몸에 뒤엉킨 주황빛이 번져, 싱크홀 벽면을 쭉 볼 수 있었다.

"……으으, 징그러워요."

질색하는 연희연의 말에 강서준도 말없이 고개를 끄덕이며 긍정했다.

벽면을 빼곡하게 채운 기다란 다리의 거대 지네들…… 말하자면 '재앙의 곤충'들이 온갖 재앙을 품고 달려들 태세였으니까.

그저 '새벽의 고요'가 가진 청명한 기운이 놈들을 이쪽으로 다가오지 못하도록 밀어낼 뿐이다.

'천연 기피제가 따로 없다니까.'

켈은 일행을 향해 말했다.

"슬슬 속도를 낼게요. 생각보다 깊어요."

그 말이 끝나자마자, 금세 자이로드롭이라도 탄 듯 엄청난 낙하감이 느껴졌다.

연희연은 입술을 꽉 깨물었고, 안센도 잔뜩 겁에 질린 얼굴로 옷자락을 움켜잡았다.

유리나는…… 말할 것도 없다.

거의 졸도 직전인 그녀가 부르르 몸을 떨었지만, 켈은 오히려 속도를 가속했다.

싱크홀의 바닥을 향해 더더욱 빠르게.

문득 아래를 내려다본 연희연이 질색하며 비명을 질렀다.

"따, 땅이에요! 땅이 있어요."

"네. 보여요."

"아니, 땅이라니까요?!"

하지만 그 비명에도 켈은 속도를 줄이지 않았다. 강서준도 연희연이 말한 땅을 내려다보고 있었다.

아니, '땅'처럼 보이는 것을 보았다.

[장비 '진실의 성물 이루리'의 전용 스킬, '진실 혹은 거짓'을 발동합니다.]

두 눈에 가려진 환상은 지워지고, 곧 그들의 몸은 차가운 수면에 몸통 박치기를 했다.

제어하지 않은 속도는 그대로 땅, 아니 물속 깊숙이 그들을 밀어냈고.

가까이로 다가오려던 '재앙의 어패류'들이 '새벽의 고요'에 의해 멀어졌다.

[S급 던전, '재앙의 탑'에 입장했습니다.]

[칭호, '역경으로 뛰어드는 자'를 습득했습니다.]

[신호가 불안정합니다. 메시지가 전송되지 않았습니다.]
[신호가 불안정합니다. 메시지가 전송되지 않았습니다.]

몇 번이나 반복해도 똑같은 메시지만 나타나는 스마트폰.

김훈은 걱정스러운 얼굴로 입을 열었다.

"역시 저 장막은 외부와의 통신을 차단하기 위해 만들어졌
군요. 서울과 통신하려면 1층으로 돌아가야 할 판인데요?"

"……흐음."

"그냥 저라도 1층에 다녀올까요?"

김훈이 굳은 용기를 갖고 한 말이었지만, 링링은 대번에
고개를 가로저었다.

"불가능해. 이곳이 일반적인 상태였더라도 쉽지 않은 일
을, 비정상적인 현재에서 해낼 수 있을 리가 없어."

"……하지만 미리 알지 못하면 떼죽음을 당할 수 있어요."

김훈은 중층부에 올라 힘겹게 수집한 정보들을 종합해 봤
다.

이 내용이 사실이라면, 곧 넘어올 2차 원정대는 숨도 못
쉬고 몰살당할 것이다.

알고서도 막기 힘든 공격을…… 모르고 당한다면?

끔찍한 결과를 초래할 것이다.

"아무래도 가 봐야겠어요. 이대로는 대학살이 벌어질……."

거기까지 말했을 때였다.

멀리서 총성이 울리고 전투의 시작을 알려 왔다.

김훈도 더는 입을 열지 못하고 자세를 잡았다. 앞서 달려 나간 나도석이 지축을 흔들었다.

최하나의 무전이 들려왔다.

-전방에 거인입니다.

공간이동으로 최하나의 근방에 도달한 김훈은, 곧 모습을 드러낸 직경 30미터의 근육질 거인을 마주했다.

레벨만 460에 근접하는 괴물.

고대의 타이탄.

-정면 승부는 어려워요. 나도석 씨가 잠시 길을 막는 사이 전열을 뒤로 물리죠.

믿기 힘들지만 이놈은 '상층'에 거주하는 몬스터다.

47층에 불과한 중층에 있어선 안 되는 개체.

"으랏차아아아!"

그때 나도석이 힘차게 땅을 박차 주변을 어슬렁거리던 재앙의 오우거를 짓밟았다.

이를 디딤돌 삼아 높이 뛰어오른 그는 그대로 '해왕'의 심상을 머리 위로 띄웠다.

-나도석 씨! 도망쳐야 해요!

"도망은 무슨……!"

그는 팔 근육을 거대하게 부풀려 그대로 거인의 머리를 세게 가격했다.

콰아아아앙!

하지만 거대한 충격음과는 다르게 거인은 약간 얼굴을 찌푸려 노려볼 뿐이었다.

-으으어어어…….

거인의 손은 날파리를 잡듯 허공에 떠 있던 나도석을 후려쳐 버렸다. 바닥으로 추락한 나도석은 큰 먼지구름을 일으켰다.

-나도석 씨!

다행히 먼지구름이 생긴 지 얼마 되지도 않아, 이를 뚫고 나도석이 하늘로 솟구쳤다.

"근성 있네, 이 새끼?"

하지만 그때였다.

콰지지지직!

별안간 나도석에게 '벼락'이 떨어졌고, 묵직한 중력이 그를 바닥으로 처박았다.

김훈은 질색한 얼굴로 링링을 돌아보았다.

어느덧 공간이동으로 근처에 다다른 그녀의 지팡이에선 엄청난 양의 마력이 흘러나오고 있었다.

"김훈! 저놈 데리고 빠져!"

"……네, 네!"

퍼뜩 정신을 차린 김훈은 공간이동으로 나도석의 옆으로 이동하고, 바로 그의 몸을 터치해 멀찍이 다른 공간으로 움직였다.

나도석이 머리에 핏발이 선 채로 성난 눈을 떴지만, 김훈의 공간이동이 더 빨랐다.

나도석은 김훈의 이어폰을 빼앗더니 외쳤다.

"미쳤어? 내 뒤를 쳐?"

—고마운 줄 알아. 너 방금 당할 뻔했어.

"뭐? 이게 말이면……."

—정신 차리고 주변을 봐.

김훈은 금세 링링의 저의를 파악할 수 있었다.

고대의 타이탄은 그 자체로도 위협적이었지만, 사실 그들이 걱정할 건 따로 있었다.

상층에 거주하던 '고대의 타이탄'을 중층으로 끌고 내려온 터무니없는 집단.

이 모든 이변의 원인.

김훈은 이미 포위되었다는 사실을 깨달았고, 최하나도 무전으로 정보를 알려 왔다.

—서쪽!

그녀의 말이 끝난 지 얼마나 되었을까. 공간지각 능력으로 당연히 사방위 정도는 구분할 수 있는 김훈은 식은땀을 흘리며 공간이동을 감행했다.

나도석을 데리고 겨우 근방의 허공으로 빠져나온 것이다.

하지만 그 아래로 묵직한 기운을 흘리는 한 남자가 이쪽을 올려다보며 전투를 준비하고 있었다.

"리트리하 님……."

그리고 곁으로는 마일리가 하늘을 향해 막대한 신성력을 쏘아 내고 있었다.

"충격에 대비해!"

쿠구구구궁!

별안간 링링의 외침과 함께 하늘에서 벼락이 수차례 빗발치기 시작했다.

김훈과 나도석을 중심으로 펼쳐진 번개의 장막은, 마일리의 저주가 가득 담긴 신성력을 튕겨 내기엔 충분했다.

동시에 김훈은 또 한 번 공간이동을 감행했다.

하지만 여전히 걱정은 앞섰다.

과연…… 부득이하게 적이 되어 버린 '두 명의 천외천'을 어떻게 따돌려야 한단 말인가.

❧

"으아아앗!"

짜릿한 비명을 뒤로하고, 정신을 차린 곳은 사방이 뻥 뚫린 어느 호수의 상공이다.

싱크홀의 바닥.

수면 아래에 깔린 포탈을 넘어야만 도달할 수 있는 독특한 유형의 던전.

재앙의 탑의 1층이었다.

"여, 여긴……."

아직 정신을 차리질 못한 연희연이 황망한 어조로 중얼거렸고, 곧 드넓게 펼쳐진 주변을 둘러보며 눈을 동그랗게 떴다.

멀리 기둥처럼 땅과 하늘을 잇는 '원형 계단'이 있고, 이외에는 지평선이 보일 정도로 드넓은 사막이었다.

텁텁한 모래 맛과 후끈한 열기만 생각하면…… 이 안이 정말 '탑'인지 의문이 들 정도였다.

안센은 한숨을 덜어 냈다.

"무, 무사히 잘 넘어왔네요."

"네. 다들 다치신 곳은 없죠?"

"그런 것 같아요."

안색이 하얗게 질렸던 연희연은 빠르게 평정심을 되찾았다. 그리고 스킬 쿨타임도 확인했다.

"'고요의 새벽'은 1시간 후면 다시 사용할 수 있어요."

고개를 주억거린 강서준은 황량한 사막을 쭉 둘러보며 말했다.

"우선 퀘스트부터 공략하죠."

슬슬 일행은 몸을 추스르고 원형 계단이 있는 방향으로 걸음을 옮겼다.

여긴 재앙의 탑 1층.

하층부 중에서도 거진 튜토리얼이라 부를 만한 곳.

퀘스트의 내용도 어렵지 않게 공략할 수 있을 만큼 상당히 단순했다.

['재앙의 본 샤크'를 100마리 이상 처치하시오.]

[보상은 2층에 진입 시 랜덤으로 지급됩니다.]

멀리 모래 언덕 너머로 먼지구름이 일고, 거친 쇳소리를 내며 무언가가 다가오고 있었다.

호르스의 고글을 착용한 안센은 그쪽을 확인하고 대번에 정체를 알아맞혔다.

"본 샤크네요."

크콰카카칵!

본 샤크(Bone shark).

모래 언덕을 마치 바다처럼 누비는 '뼈 상어'는 온몸이 그저 가시로 구성되었다.

주로 땅속을 헤엄치고, 사냥할 때는 대략 10m는 높이 뛰어오르는 점프력이 특징인 놈.

즉 사막을 횡단하는 이놈을 뻥 뚫린 이곳에서 회피할 방법은 마땅치 않다.

'피할 생각도 없지만.'

차분하게 걸음을 내딛는 그의 뒤로 우후죽순 푸른 빛깔이 터져 나왔다.

형태를 갖추는 건 각양각색의 몬스터들. 곧 본 샤크의 숫자를 압도할 만한 대단위 몬스터 부대가 사막 위에 드리웠다.

라이칸은 히드라의 마검을 앞으로 겨누며 웅장한 목소리를 냈다.

"왕의 행차시다! 길을 열어라!"

─우와아아아!

환호성을 내지른 영혼 부대는 단숨에 본 샤크를 향해 진군을 하기 시작했다.

다가오는 수십의 본 샤크와, 수백에 달하는 영혼 부대의 정면충돌!

사막 위로 때 아닌 전쟁이 벌어졌고, 그 소음에 연희연은 비명을 삼키며 몸을 떨었다.

가까이엔 유리나나 안센도 비슷한 표정으로 약간 겁에 질려 있었다. 당연한 일이었다.

이곳은 S급 던전.

A급으로 겨우 진입할 수준인 연희연과, A급에서 간신히 살아남은 유리나와 안센은 감당하기 버거운 곳이다.

고작 본 샤크를 마주한 것만으로도 아득한 심연을 보듯 현실 감각이 모호해지겠지.

레벨 차이가 격심하게 날 경우에 벌어질 수 있는 현상이었다.

'뭐, 그건 영혼 부대도 마찬가지야.'

강서준이 보유한 영혼 부대는 대략 A급 아래의 몬스터들.

최근에 '저주받은 도시'에서 웨어울프를 보급한 걸 제외한다면, 대개 공허의 몬스터나 B급 수준에 불과했다.

당연히 상대가 안 될 것이다.

투콰아아앙!

쿠구구궁!

그리고 예상대로 영혼 부대는 본 샤크에게 형편없이 찢겨나가고, 본 샤크의 일방적인 유린이 이어졌다.

그나마 오가닉이나 라이칸이 애쓰는 모양이었지만, 아직 그들도 S급 몬스터를 상대하기란 무리였다.

"그래. 아직은 말이지."

하나 왜 강서준이 상대도 되질 않는 영혼 부대를 정면충돌시켰겠는가?

'슬슬 물갈이할 때도 됐어.'

강서준은 영혼 부대의 태반이 소멸당했을 즈음에, 양손에 단검을 쥐고 전장에 난입했다.

나머지 일행은 켈과 파랑이에게 맡겨 뒀으니 신변에 위험이 생길 일은 없었다.

[스킬, '태산 가르기(S)'를 발동합니다.]

강서준이 휘두른 일격은 본 샤크를 양단했다. 뼈로 된 녀석이라 피는 튀기지 않았다.

대신 조각난 뼛조각은 사방에 흩어졌고, 축 늘어진 가시는 모래 위로 번졌다.

'그래도 영혼 부대가 HP를 꽤 깎아 놓은 덕에 단방에 놈을 잡을 수 있었어.'

그리고 강서준은 준비했던 대사를 읊었다.

"일어나라."

[장비 '도깨비 왕의 반지'의 전용 스킬, '도깨비의 부름'을 발동합니다.]

부르르, 흩어졌던 뼛조각이 다시 뭉치고 녀석은 금세 포효하며 강서준의 앞에 섰다.

죽어서 영혼이 된 몬스터를 아군으로 재편하는 일!

이윽고 본 샤크는 충성을 맹세하며 종전까지 동료였던 놈들에게 날카로운 가시를 쏘아 내기 시작했다.

이건 시작에 불과했다.

"일어나라."

서서히 국면은 변해 갔다.

강서준이 전장을 활보하며 죽어 나자빠진 본 샤크를 모조리 영혼 부대에 복속시킬 수 있었다.

전투는 점차 유리해졌고, 퀘스트의 끝인 100마리 사냥이 끝날 즈음엔 그만한 본 샤크 부대를 완성할 수 있었다.

[퀘스트를 완료했습니다.]

[2층이 개방됩니다.]

종전까지만 하더라도 재앙을 몰고 다니던 '본 샤크'는, 이젠 강서준의 앞에 머리를 조아리고 있었다.

모든 건 계획대로 진행되었다.

안센은 한숨을 쉬더니 말했다.

"30분이네요."

"뭘요?"

"케이 님이 1층을 공략하는 데에 걸린 시간이요. 저 괜히 따라온 거 아닐까요?"

"하하⋯⋯."

강서준은 멋쩍게 웃었다.

"1층이니까 그런 겁니다. 아시잖아요. 하층부 1층의 난이도가 얼마나 쉬운지."

"……글쎄요."

━━◆◆◆━━

그리고 이어진 던전 공략은 안센의 예상을 단 한 번도 비껴가질 않았다.

2층, 3층, 이윽고 10층.

재밌는 건 던전을 공략하는 시간이 층을 올릴수록 더 빨라지고, 9층을 공략할 즈음엔 10분으로 단축한 것이다.

'모두 영혼 부대 덕이지 뭐.'

던전을 올라갈 때마다 질적인 상승을 겪는 영혼 부대는, 그대로 강서준의 강력한 힘이 되었다.

또한 영혼 부대는 퀘스트 공략 인원에 포함되질 않는 스킬의 일종이다.

즉 강서준은 그 혼자서도 수백 명에 달하는 군단인 채로 공략을 해 나가는 것이다.

-크와아아아!

한편 10층마다 존재하는 '엘리트 몬스터', 이른바 '재앙의 메가로돈'이 포효했다.

10층에 다다르는 사막 층간의 대미를 장식하는 이놈은 마치 거대한 범선과도 같았다.

투콰아아앙!

돌연 폭음이 생겨나며 메가로돈의 움직임이 멎었다.

감전이라도 된 듯 몸을 부르르 떨었고, 기회를 놓치질 않고 영혼 부대가 득달같이 달려들었다.

본 샤크가 놈의 배를 갉아먹고, 데스 크라켄이 메가로돈의 몸을 그물처럼 엮었다.

빠르게 솟구친 도깨비와 온갖 몬스터는 메가로돈의 살점을 파먹었고.

곧 메가로돈의 HP가 눈에 띄게 감소하는 게 보였다.

강서준도 때를 놓치지 않고 달려들며, 슬쩍 함정을 회수하는 안센을 마주했다.

그가 말했다.

"3분이면 포박이 해제될 겁니다."

"그 정도면 충분해요."

저 정도나 되는 거구를 무려 3분 이상 감전시켜, 행동을 멈춘다는 터무니없는 디버프 기술.

수많은 영혼 부대가 폭딜을 넣고, 강서준도 마음껏 스킬을 휘두를 수 있는 시간은.

단 한 사람에 의해 만들어졌다.

'안센이 있어 다행이야.'

사실 던전 공략의 속도를 높이는 가장 큰 요인은 영혼 부대의 질적 상승이 아니었다.

"새벽의 고요가 발동되었어요! 이제 마음껏 공격하셔도 어그로는 끌리지 않을 거예요!"

강서준이 데려온 파티 자체의 전력 상승.

층을 오를 때마다 능력이 증폭되는 일행의 활약이 너무나도 큰 것이다.

-크아아아악!

메가로돈이 포효하며 본인의 몸을 마비시켰던 디버프를 겨우 해제해 냈다.

예상보다 좀 더 빠른 시점이었지만, 높이 뛰어오른 강서준의 눈엔 이미 확신이 어렸다.

[스킬, '류안(S)'을 발동합니다.]

수백 개의 공격이 맞닿은 놈의 신체는 넝마와 같았고, 약점이라 할 만한 곳들이 훤히 드러난 상태였으니까.

[스킬, '이기어검술(C)'을 발동합니다.]

강서준이 내던진 두 개의 단검이 제멋대로 메가로돈의 전신을 휘젓고 다니기 시작했다.

피를 흡수할수록 광분하는 재앙의 유성검과, 닿는 부위를 모조리 불태워 버리는 그랑의 어금니 단검!

무엇보다 그 수준이 이 던전에 들어올 때보다 한층 더 성장한 강서준이었기에 가능한 일이었다.

　[10층 엘리트 몬스터 '재앙의 메가로돈'을 처치했습니다.]
　[퀘스트를 완료했습니다.]
　['11층'이 개방됩니다.]

　11층으로 올라가는 계단은 메가로돈이 죽은 자리로 바로 생성되었다.
　아쉽게도 시체나 그 데이터가 계단으로 바뀌는 형태라, 엘리트 몬스터까지 수하로 만들 수는 없었다.
　"쩝."
　미련을 접고 곧바로 위로 올라간 강서준은, 퀘스트 공략 보상부터 확인하기로 했다.

　〈10층 돌파 보상〉
　1. 올 스탯 5% 상승
　2. 〈이기어검술〉 등급 상승
　3. 〈파이어볼〉 등급 상승

　역시 10층마다 생성되는 엘리트 몬스터답게, 주어지는 보상도 상당했다.
　'운이 좋았군. 10층에서 얻을 수 있는 보상치고는 나쁘지

않아.'

물론 이 보상은 '재앙의 탑' 내부에서만 유효했고, 만약 함정에 빠져 1층으로 돌아가거나 던전을 벗어난다면 초기화된다는 특징은 있다 해도……

이건 좋은 보상이다.

"새벽의 고요를 A등급으로 올렸어요. 이제 쿨타임은 30분입니다!"

"저도 함정 창작 스킬이 올라, 그 효과가 두 배는 강해졌습니다."

이처럼 본래 S급 던전을 공략하기 버거운 이들조차…… 층간 보상을 통해 일시적으로 그 수준을 월등히 올릴 수 있기 때문이다.

'대신 경험치 보상이 좀 짜지만.'

신경 쓸 일은 아니었다.

재앙의 탑은 본래 사냥터로 적합한 곳은 아니었으니까.

드림 사이드 1에서도 이 던전은 대개 이벤트 던전으로 유명했다.

가끔 사냥하다 머리를 식히러 오는, 일종의 놀이터와 같은 곳.

혹은 스킬 등급을 일시적으로 올려 그 효과를 미리 확인해 보는 용도로 좋았다.

"〈이기어검술〉을 고르겠어."

[스킬, '이기어검술(C)'의 등급이, 일시적으로 '이기어검술(B)'이 되었습니다.]

[이 효과는 재앙의 탑을 공략하거나, 10층 아래로 내려가지 않는다면 계속 유지됩니다.]

한편 강서준은 11층의 새로 변한 풍경도 볼 수 있었다.

10층까지의 모든 층이 사막으로 되어 있고, 간간이 오아시스나 그랜드캐니언처럼 '메마른 협곡'이 나왔다면.

11층부터는 지평선 너머로 대초원이 펼쳐져 있었다.

아프리카의 세렝게티가 떠오르는 공간이었는데…….

['재앙의 병사'를 처치하시오.]

[보상은 '12층'으로 진입 시 랜덤으로 지급됩니다.]

눈앞으로 생성된 메시지에 강서준은 저도 모르게 눈살을 찌푸리고 말았다.

황당한 문구가 섞여 있었다.

"재앙의 병사라고?"

마찬가지로 같은 내용을 읽었는지 안센도 심각한 눈으로 강서준을 바라봤다.

곧 그들이 있는 곳으로 우르르 뭔가가 다가오는 낌새도 느껴졌다.

초원의 한쪽으로 마치 좀비처럼 땅을 뚫고 올라오는 엄청난 숫자의 몬스터 떼!

물경 수천에 다다르는 '재앙의 병사'가 우후죽순 초원을 뒤덮고 있었다.

간간이 말을 탄 기수들도 병사들 앞으로 도열한 것이 심상치 않았다.

"이게 1차 원정대의 연락이 끊긴 이유인가……."

강서준은 쓰게 웃으며 재앙의 병사를 죽 둘러봤다.

연락이 끊어져 버린 천외천.

링링으로부터 전해져 온 진백호의 납치 소식.

그리고 뭔가 일이 제대로 안 풀리고 있다는 확실한 정황 증거가, 막상 눈앞으로 나타난 셈이다.

근데 이거 생각보다 훨씬 일이 복잡하게 흘러가는 것 같다. 단순히 컴퍼니를 만나 고생을 한다고만 생각했는데.

이게 뭔…….

"중층의 몬스터가 어떻게 하층에 나오고 있냐고."

―그어어어억!

못해도 30층은 넘겨야만 만날 수 있는 '재앙의 병사'는, 일제히 포효하며 해일처럼 이쪽으로 밀려오고 있었다.

누더기처럼 조악한 생김새, 일견 쉐도우를 연상케 하는 거무튀튀한 색감.

언뜻 보기엔 좀비보다 못하고, 구울보다도 약해 보이는 몬스터.

하지만 이곳에 선 그 누구도 놈들을 얕잡아볼 수 없었다.

'재앙의 병사.'

재앙의 탑에서도 중층인 31층부터 등장하는 몬스터로, 하층인 11층에선 결코 나타나선 안 될 녀석이었으니까.

그리고 여기서 말하는 '재앙의 병사'란 수천의 병사 개개인을 말하는 게 아니다.

'수천이 곧 하나.'

수백일지, 수천일지 모르는 일대 군단이 곧 '재앙의 병사'라는 한 개체였다.

즉 재앙의 병사를 처치하라는 퀘스트는 수천에 다다르는 군단을 모조리 토벌하란 얘기다.

-그어어어억!

생각을 정리할 틈은 없었다.

재앙의 병사는 기수를 앞세워 곧바로 강서준을 향해 선제공격을 감행해 왔다.

말을 탄 기사가 창을 앞세워 내달렸고, 오가닉과 라이칸이 정면으로 나서 그 진군을 막아섰다.

쿠구구궁!

지축을 흔드는 충격음에 강서준은 바로 까마귀부터 소환하기로 했다.

일행을 모두 태우고도 남을 정도로 거대한 까마귀.

A급 개체였던 이놈은 꾸준히 영혼을 덧입혀 얼추 S급에 근접한 성능을 보이고 있었다.

"모두 올라타요!"

고소공포증이 있는 유리나는 안셴이 붙들었고, 연희연도 상황을 짐작하여 머뭇거리지 않았다.

까마귀는 하늘 높이 솟구쳐, 세렝게티를 닮은 초원이 미니어처로 보일 만한 높이로 올라갔다.

위에서 아래를 내려다본 풍경은, 마치 개미가 득실거리듯 재앙의 병사가 꿈틀거리고 있었다.

─키앗! 그아아악!

놈들이 가진 창이나 검 따위는 닿지 않았고, 활을 당겨도 맞힐 수 없는 위치였다.

일단은 안심해도 되겠는데…….

"긴장을 늦추진 마요. 저놈들을 몰살시켜야 한다는 사실은 변하지 않으니까요."

"……네."

강서준은 일단 대책부터 강구해 봤다.

'수천을 상대로 쓸 만한 스킬이…….'

이 정도 높이에서 자유로이 놈들을 폭격할 수 있다면 좋겠지만, 솔직히 일행 중엔 그 정도로 화력이 좋은 스킬을 가진 사람은 없었다.

강서준의 '파이어볼'도 아직 등급이 낮아 효율이 많이 떨어졌다.

"내가 브레스라도 뱉을까?"

파랑이가 그렇게 말하며 으스댔지만, 강서준은 고개를 가로저으며 부정했다.

"그리 간단히 볼 게 아니야. 저놈들은 오직 '불'에만 대미지를 입는 특징이 있어."

반면 수룡의 브레스는 파쇄적인 성질을 가진 수속성 공격 마법이다.

물론 일반적인 물리 대미지나 수속성 공격에도 타격을 입힐 수 있다.

문제는 수천에 다다르는 재앙의 병사를 몰살시키기엔 '용의 마력'으로도 부족하다는 것이다.

"칫, 해 보지도 않고 포기하는 건 파파왕이 겁쟁이란 증거야."

유난히 툴툴대는 파랑이였지만 섣불리 행동하진 않았다.

사춘기가 왔어도 얌전한 사춘기. 똑똑한 그녀는 감정만으로 일을 그르치진 않는다.

어쩌면 '힘의 차이'를 느끼고, 본능적으로 강서준에겐 대들 수 없는 걸지도 모르지만…….

강서준은 여전히 꿈틀대는 재앙의 병사를 내려다보며 나지막이 중얼거렸다.

"기다려 봐. 곧 기회가 올 거야."

"기회……?"

파랑이가 불만스러운 얼굴로 의문을 품었을 때였다. 순간 바닥에서 방대한 마력의 흐름이 느껴졌다.

오가닉과 라이칸은 진즉에 소환을 해제했고, 감투 안에서 조심스레 상황을 눈여겨보고 있었다.

"어? 어어?"

연희연이 당황스러운 목소리로 신음을 흘렸다. 꿈틀댈 뿐이던 재앙의 병사가 일제히 하늘로 솟구치기 시작한 것이다.

'다행히 이 특징은 그대로구나.'

고개를 주억거리며 강서준은 단검을 움켜쥐었다. 파랑이도 수상쩍은 상황에 마력을 조율했다.

"조금만 있으면 놈의 근원이 보일 거야. 파랑아. 너는 그곳으로 브레스를 쏘면 돼."

"흐응……."

하늘로 솟구치던 재앙의 병사는 한 구체를 중심으로 재구성되고 있었다.

병사들이 뭉쳐 하나의 거인으로, 거무튀튀한 색감을 유지한 채 뭉쳐진 머리가 생겨났다.

재앙의 병사가 가진 2페이즈.

'본래라면 숫자가 50% 이하로 남았을 때 변하는 형태지만…….'

이렇듯 손에 닿을 수도 없는 높은 위치로 도망친다면, 놈들은 이를 잡기 위해서 스스로 2페이즈로 변한다.

일전에 재앙의 병사와의 난전을 오래 끌기 귀찮아, 여러 방식을 고안하다 알아낸 공략법이다.

이 방식을 활용하면 녀석의 본체인 '핵'을 직접 타격할 수 있고, 나아가 귀찮은 공략 시간도 대폭 줄일 수 있다.

'물론 50%의 숫자가 아닌, 100%의 숫자를 감당해 내야 하는 단점이 있어.'

강서준은 개의치 않기로 했다.

"파랑아. 지금이야!"

수천의 공격으로부터 일행을 지키는 것보다, 똘똘 뭉친 하나를 부수는 게 훨씬 쉬우니까.

[수룡, '파랑이'가 '부식 브레스(S)'를 발동합니다!]

동시에 쏘아진 브레스는 물대포처럼 나아가 재앙의 병사가 뭉치던 구체를 타격했다.

녀석이 핵이 대번에 흔들렸고, 뭉쳐지던 것들이 그대로 흐트러졌다.

그리고 예상했던 대로 수룡의 브레스는 놈들에게 큰 타격을 줄 정도는 못 되었다.

파랑이가 S급의 용이라면, 놈들도 S급 던전의 몬스터였다.

"……하, 한 번만 더 기회를 주면 내가 저놈들을."

"됐어. 잘했어."

강서준은 파랑이의 머리를 헝클어트리며 까마귀에서 뛰어 내렸다.

파랑이의 브레스가 비록 핵을 부수진 못했지만, 그곳까지 가는 길이 새로 개통한 고속 도로처럼 뻥 뚫려 있었다.

강서준은 허공답보로 속력을 가해, 곧 녀석의 핵을 눈앞에 둘 수 있었다.

'불꽃이 약점이야.'

중층에 있어야 할 녀석이 하층에 나타난 특이한 상황에서, 다행히 녀석의 특징은 그대로였다.

'그렇다면……'

[스킬, '태산 가르기(S)'를 발동합니다.]
[장비 '그랑의 어금니 단검'의 전용 스킬, '그랑의 불꽃'을 발동합니다!]

여태 벨트 속에서 잠자코 있던 '화룡의 불꽃'이, 일순 강서 준의 마력에 반응했다.

핵을 뒤덮은 불꽃은 이내 작은 병사들로 이어졌고, 꽉 뭉 친 병사들로도 불길이 옮겨붙어 곳곳에서 비명이 터졌다.

물론 이 타격으로 놈이 쓰러지진 않겠지만, 비슷한 공격을 여러 번 더 하다 보면……

['재앙의 병사'를 처치했습니다.]

……응?

[퀘스트를 완료했습니다.]
['12층'이 개방됩니다.]

예상하지 못한 메시지에 당황도 잠시, 강서준은 파괴되는 핵으로부터 미증유의 기운을 발견할 수 있었다.
가까이에서 보니 더더욱 기이한 흐름을 가진 '무언가'가, 강서준을 노려보고 있었다.

[숙주을 잃은 '패러사이트'가 숙주를 찾습니다.]
['패러사이트'가 새로운 숙주를 찾아 움직입니다!]

부지불식간에 엄청난 기운이 폭사하더니, 강서준을 향해 내달려 왔다. 이에 본능적으로 휘두른 단검엔 무언가가 베이는 감각이 느껴졌다.

['패러사이트'가 파괴되었습니다.]

창졸간에 가루가 되어 버린 '패러사이트'와, 너무나도 손

쉽게 허물어진 '재앙의 병사'를 내려다보며 강서준은 미간을 구겼다.

"……뭐야?"

⊰⊱

다행히 12층엔 중층의 몬스터가 다시 나타나는 경우는 없었다.

일시적인 변수였을까?

과연 재앙의 병사를 처치하고 튀어나온 '패러사이트'란 건 대체 무엇일까.

여러 의문이 남았지만 해소할 방법은 찾지 못했고, 강서준은 일사천리로 하층의 마지막인 30층까지 오를 수 있었다.

"여기선 한 놈만 잡으면 됩니다. 조금 까다롭긴 해도 어렵진 않을 겁니다."

30층의 퀘스트는 오직 하나였다.

하층을 총괄하고, 중층으로의 관문장에 해당하는 '승급 몬스터'를 사냥하는 것.

'세 개의 테마를 가진 꽤 까다로운 놈이야. 9층까지 나온 사막, 19층까지 나온 초원, 마지막 30층까지 이어지는 늪지대. 아마 계속 변화하는 전장에서 녀석을 세 번은 죽여야겠지.'

하지만 여태 성장한 일행을 막을 수준은 아니었다.

강서준은 29층까지의 보상을 받기도 전부터 이미 중층을 공략해도 될 정도로 강해졌고.

영혼 부대도 이젠 질적으로 S급으로 도배했다.

안셴이나 유리나, 연희연도 있는 마당에 그깟 승급 몬스터를 두려워할 이유는 없었다.

솔직히 그 혼자서라도 공략할 자신이 있었다.

그래.

'평소와 같다면 말이지.'

강서준은 고개를 들어 30층으로의 계단을 오르자마자, 보이는 장면을 보며 침음을 삼켰다.

어쩐지 묘하게 불안하더니만.

불안한 예감은 그를 배신하지 않았고, 그대로 현실이 되어 앞을 막고 있었다.

"……우려했던 대로 '변수'입니다. 다들 긴장해요. 우리가 예상했던 놈이 아닐지도 몰라요."

당장 30층 전반적으로 휘몰아치는 힘의 흐름은 일개 하층의 몬스터가 뿜어낼 수 없는 기개였다.

'못해도 50층은 넘겨야 만날 법한 놈이야. 재앙의 병사보다 더한데?'

강서준은 긴장감을 유지한 채 걸음을 옮겼다. 어디로 향해야 할지는 굳이 고민하지 않아도 알 수 있었다.

쿠콰아아아앙!

쿠구구궁!

들리는 건 거대한 폭음이고, 멀찍이 떨어진 위치에서 누군가가 묵직한 충돌을 잇고 있었으니까.

'누군가 있다.'

두 번째 변수.

먼저 입장한 '누군가'가 이곳의 승급 몬스터를 공략하고 있다는 것이다.

'1차 원정대는 아니야. 그들은 이미 중층에 진입했다고 들었으니까.'

하지만 세상일은 아무도 모른다.

중층의 몬스터가 11층까지 내려왔던 것부터, 현재 이곳에 등장한 변수를 생각해 보면.

쫓기듯 도망쳤을 수도 있질 않은가.

1차 원정대에 소속된 일행의 실력을 믿고 있었지만, 강서준의 발걸음은 점점 빨라졌다.

다행히 곳 층의 퀘스트는 오직 승급 몬스터를 사냥하는 게 전부이기에, 그들의 발을 가로막는 건 그 어디에도 없었다.

폭음의 진원지에 다가서자 연희연은 주변을 둘러보며 탄식을 내뱉었다.

"끔찍……하군요."

강서준도 고개를 주억거리며 전장을 살펴봤다. 곳곳에 널브러진 인간의 시체가 너무 많았던 것이다.

'다행히 1차 원정대는 아니야. 대체 누구지?'

혹시 재앙의 탑으로 유니온이 몰래 다른 플레이어들을 진입시켰던 것일까?

잠시 고민하던 강서준은 고개를 가로저었다. 특별히 엄선했던 플레이어들은 맨해튼에 진입조차 할 수 없었다.

'그렇다면 남은 건……'

재앙의 탑을 노리는 지구의 플레이어는 크게 두 부류로 나눌 수 있다.

그리고 유니온에 관련된 지구의 플레이어들을 제하고 남는 건…….

오직 재앙의 탑만을 노리며 수 개의 세계를 전전해 왔을 단 하나의 같은 집단.

'컴퍼니.'

하지만 여전히 의문은 남았다.

강서준은 중층의 몬스터가 하층으로 떨어진 원인을 '컴퍼니'라 보고 있었다.

또한, 현재 1차 원정대가 곤란을 겪는 이유도 모두 컴퍼니 때문이라고 생각했던 것이다.

근데 새삼스럽게 놈들이 30층에 잔류하고 있을 이유가 있을까?

"자기가 판 함정에 빠진 것도 아니고……."

고민해 봤자 답이 나오지 않는 문제였다. 강서준은 일행과 시선을 마주하고 다시 소음으로 나아가기로 했다.

그곳에 어떤 놈들이 있는지는 몰라도 직접 눈으로 확인하면, 의문은 해소될 것이다.

-크어어어어억!

수풀을 헤치고 지나, 강서준은 커다란 구덩이를 중심으로 삐죽 솟은 한 형체를 발견했다.

"재앙의 군주로군."

우려했던 대로 결코 하층에 볼 수 없는 몬스터였고, 심지어 중층에서도 후반부로 올라야 만날 놈이다.

'그리고 그 상대는…… 어?'

강서준은 재앙의 군주를 두고 한창 전투를 벌이고 있는 인물을 확인할 수 있었다.

그들은 일사불란하게 총구를 겨누고, 무자비한 광선을 쏘아 대고 있었다.

몇몇은 당당하게 거대한 크기를 가진 군주의 어깨 위로 올라 검술을 펼쳤고.

날아다니는 이들이 현란한 움직임으로 재앙의 군주의 시선을 빼앗았다.

그 아래로 한 사내가 함성을 토해 냈다.

"흐아아아아압!"

묵직한 기세와 큼지막한 마력이 동시에 응축되니, 재앙의 군주조차 뒷걸음치게 만드는 박력이 느껴졌다.

강서준은 그들을 전부 둘러보며 헛웃음을 지었다.

그들을 직접 본 적이 없는 안센과 유리나만이 영문을 몰라 하는 눈치였다.

연희연만큼은 바로 알아봤다.

그녀는 동그랗게 뜬 눈으로 물었다.

"어, 어떻게 저 사람들이 여기에 있을 수 있죠?"

패러사이트

머릿속에 많은 생각이 떠올랐다.

'어떻게 저들이 여기에 있지?'

하층에서 중층의 몬스터인 재앙의 군주가 등장한 것도 놀라웠지만 솔직히 저들의 등장이 더 당황스러웠다.

강서준은 몇 번이나 확인하듯, 저들의 모습을 되새겨 봤다.

익숙한 복장이나 무기. 가장 확실한 증거는 가장 큰 목소리를 내며 정면에서 묵직한 압력을 다루는 사내였다.

"크기만 커다랄 뿐인 애송이더냐!"

호쾌한 말투는 예전과 같았지만 어딘가 다른 분위기를 풍기는 한 세계의 최강자.

'데칼.'

그는 리카온 제국의 최강자였다.

"다들 밥 안 먹었어? 빨리 안 움직여?!"

"으아아아앗!"

그의 불호령에 군인들이 부랴부랴 재앙의 군주에게 들러붙었다.

저들도 기억에 있는 자들이었다.

데칼의 부하이자, 리카온 제국의 천외천에 해당하는 사람들.

연희연이 황망한 눈으로 그쪽을 보면서 물었다.

"……언제 채널이 연결된 거죠?"

"모르겠어요."

저들의 등장은 사실 이상하지 않을지도 모른다.

언젠가 채널이 다시 연결될 줄은 알고 있었으니까.

제아무리 강서준이 차원 게이트를 폭파시켰다고 해도, 저들은 이 세계에 개입할 권리를 가진 차세대의 플레이어들.

강서준이 드림 사이드 1을 플레이했듯, 저들도 지구를 플레이할 자격이 있었다.

'문제는 아무런 징후도 없었다는 거야.'

혹시 S급 던전에 정신이 팔려 체크하지 못했을까?

이미 지구 곳곳엔 리카온 제국의 수많은 간자가 숨어들었고, 포탈은 진즉에 다시 연결되었었던 거라면.

어쩌면 유니온 곳곳에도 뿌리를 내려…….

오만 가지 생각이 떠올랐지만 강서준은 일단 그 고민은 전부 밀어 두기로 했다.

그들이 어떻게 다시 0115 채널로 돌아왔는지는 당장 중요한 게 아니었다.

"위험하겠어요."

연희연의 말마따나 리카온 제국인들은 현재 재앙의 군주를 상대로 상당한 위기를 겪고 있었다.

데칼의 활약으로 겨우 버틸 뿐.

저들은 아직 재앙의 군주를 이길 만한 준비가 되어 있지 않았다.

아니, 생각해 보면 리카온 제국의 수준으로 재앙의 탑을 공략하는 것만으로도 대단한 거다.

저쪽 세계관은 아직 A급 던전도 제대로 공략하지 못할 수준이 아니었던가.

'……일단 도와야겠군.'

강서준은 단검을 꽉 쥐었다. 한창 전투가 펼쳐지는 장소엔 익숙한 얼굴도 있었다.

리오 리카온.

신뢰의 성물이 된 황자.

송명을 비롯하여 낯익은 얼굴도 몇몇 있는 상황에서, 상대가 리카온 제국이라 도와주지 않을 이유는 없었다.

게다가.

'데칼이 아니군.'

데칼의 모습으로 똑같은 스킬, 비슷한 전투를 펼치는 듯하
지만 그 본질에 차이가 있었다.

[스킬, '영안(S)'을 발동합니다.]

영혼부터 달랐다.

강서준은 쓰게 웃으며 재앙의 군주의 상단으로 허공답보
를 펼쳤다.

창졸간에 다가간 그는 태산 가르기로 군주의 어깨를 벨 수
있었다.

크콰카카카칵!

중층에 거주하는 녀석답게 완전히 베어 내기란 무리였지
만 효과는 대단했다.

그 공격으로 녀석은 수 걸음이나 뒤로 물러나고야 말았으
니까.

그리고 강서준은 대번에 이쪽으로 다가오는 인기척을 느
낄 수 있었다.

데칼이 강서준을 향해 말했다.

"당신은…… 계약자로군!"

데칼. 아니, 마왕 쥬톤.

데칼의 모습을 완전히 유지하고 있는 걸 보면, 그를 먹어 치우고도 소화까지 해낸 모양이다.

얼굴에 담긴 감정이나 말투, 그 모든 것들이 이전의 것들을 상회했다.

그는 완연한 인간이었다.

'종족값도 바뀐 것 같은데…….'

예전엔 A급 보스 몬스터 수준의 마왕이었다면, 이젠 S급의 용과도 비벼 볼 만했다.

쿠구구구우웅!

"다시 만난 건 기쁘지만 아직 대화를 나눌 때는 아니지?"

"그래. 귀찮은 것부터 먼저 해치우자."

강서준은 종전의 공격에 약이 바짝 오른 재앙의 군주를 응시했다.

기습의 이점을 노려 힘껏 휘둘렀더니 녀석은 곧 2페이즈로 넘어가고 있었다.

"노, 놈이 작아집니다!"

"다들 경계 태세를 유지해!"

하늘에서 리카온 제국인들이 경계 비행을 유지하는 사이, 놈의 변신이 이어졌다.

커다란 덩치를 가진 녀석이 작아질수록 아이러니하지만 그 힘의 크기는 커지고 있었다.

확장이 아닌 압축.

정제된 마력은 S급 몬스터의 진정한 위용을 드러나게 한다.

강서준은 창졸간에 놈의 뒤편으로 다가가 검을 휘둘렀다.

"뭐 해? 변신 타이밍은 넋 놓고 보라고 만든 게 아니야."

"크크! 역시 계약자가 뭘 좀 아는군!"

재차 휘두른 태산 가르기는 2페이즈로 이어지던 놈의 어깨를 다시 노렸다.

접근한 쥬톤도 놈의 머리를 짓누르며 공격을 가했다.

그거로 놈을 쓰러트릴 순 없겠지만 2페이즈가 거의 완성된 시점엔, 놈의 몰골은 볼품 사납게 찌그러져 있었다.

-크, 크아아앗……!

당황스러운 음성을 토해 내며 훌쩍 물러난 재앙의 군주. 작아지면서 속도도 빨라졌는지 집중을 하질 않으면 시야에서 사라질 정도였다.

하지만 이것도 예상한 수순이었다.

-키이이이잇?

놈이 훌쩍 도망친 곳엔 놈의 크기에 딱 알맞게 설치된 함정이 기다리고 있었으니까.

전투가 시작된 시점에서 안센이 곧바로 제작해서 곳곳에 깔아 둔 함정이었다.

-키이이잇!

다만 안센의 레벨과 모든 수준으로는 놈을 붙잡아 두기란 무리였다.

기껏해야 1초?

신경질적으로 모기를 때려잡듯 손을 휘두른 것만으로도 부서질 정도로 보잘것없는 성능이다.

하지만.

'1초면 충분해.'

이미 녀석의 앞에 다다른 강서준은 검을 가로로 눕히며 천의 묘리를 떠올렸다.

하늘을 가르기 위해 필요한 깨달음.

공간을 가르는 자에겐 진정 베지 못할 건 그 어디에도 없을 것이다.

'설령 차원 너머에 있다고 해도.'

스거어어어억!

강서준이 휘두른 일격은 단번에 재앙의 군주의 심장을 베어 내고 있었다.

그리고 정작 베어 낸 녀석의 외관은 상처 하나 없이 깨끗하기만 했다.

단단한 형태를 뽐내며 2페이즈의 완성을 자랑하고 있었다.

당연한 일이었다.

'난 놈의 본체를 직접 베었으니까.'

—끄아아아악!

순간 비명이 터지면서, 멀쩡하던 재앙의 군주가 허물어지기 시작했다.

무릎을 바닥에 쿵! 내리찍은 군주는 그대로 옆으로 몸을 쓰러트리기에 이르렀다.

외관은 멀쩡하지만 재앙의 군주는 강서준의 눈앞에서 목숨을 잃고 있었다.

녀석이 마지막 소리를 냈다.

―끄으으윽…….

억울한 울음을 토해 내는 놈을 향해 강서준은 대수롭지 않은 얼굴로 말했다.

"별거 아니야. 공략법을 알고 최적화된 스킬이 있다면 누구나 할 수 있는 일이지."

재앙의 군주는 재앙의 병사의 상위 호환이라 할 법한 몬스터였다.

재앙의 병사가 눈에 보이는 '핵'을 품고 있다면, 재앙의 군주는 공간 너머에 본체를 숨겨 두는 타입.

아마 원래의 흐름대로 진행되었다면 1페이즈엔 산처럼 커다란 군주를, 2페이즈엔 그보다 압축된 군주를.

마지막 3페이즈에서 비로소 녀석의 본체에 해당하는 놈을 상대로 싸웠어야 했다.

그저 강서준은 종전처럼 페이즈가 이어지는 시점을 노려, 이런 변수를 창출했을 뿐이다.

'그렇다 해도 너무 쉽게 쓰러졌어. 지난번 재앙의 병사도 그렇고…… 무언가에 이미 힘을 빼앗긴 것만 같군.'

거기다 문제는 그게 끝이 아니란 것이다.

—……그어억?

[엘리트 몬스터 '재앙의 군주'을 처치했습니다.]

[레벨이 올랐습니다.]

[퀘스트를 완료했습니다.]

['31층'이 개방됩니다.]

빠르게 솟구치는 메시지를 무시하고 강서준은 놈이 죽어나간 시체를 경계했다.

류안과 영안을 발동하며 그쪽을 응시하자, 곧 틈을 노리고 뭔가가 빠르게 솟구칠 준비를 했다.

예상했던 대로였다.

[숙주를 잃은 '패러사이트'가 당신을 노려봅니다!]

가장 가까운 강서준을 향해 뛰어든 패러사이트는, 어지간한 몸놀림으로 피할 수조차 없는 속도였다.

'역시 나타나는군.'

두 눈을 번뜩인 강서준은 아주 찰나의 순간에 패러사이트

앞으로 몬스터를 소환해 냈다.

1층에서 주워 꽤 유용하게 써먹던 '본 샤크'.

['패러사이트'가 뿌리를 내립니다.]

본 샤크의 몸을 파고든 패러사이트는 금세 그 안으로 미증유의 기운을 침투시켰다.

무언지는 몰라도 연결된 영혼으로도 걸리적거리는 것이, 터무니없지만 이놈은 '영혼' 그 자체에 영향을 주고 있었다.

"어딜?"

강서준은 바늘을 꺼내어 본 샤크의 몸에 자리한 패러사이트 주변을 정리했다.

녀석이 제아무리 노력해도 뿌리를 깊게 박을 수 없도록.

아예 그 주변을 꿰매 버리니 놈은 이도 저도 못 한 채로 갇혀, 발악할 뿐이었다.

강서준이 혀를 차면서 이를 바라봤고, 그즈음엔 주변으로 리카온 제국인들이 다가왔다.

오랜만에 얼굴을 마주한 리오 리카온과 송명은 강서준을 향해, 일단 무기부터 겨누고 있었다.

"……무슨 짓이죠?"

"미안해요. 일단 확인해 둘 필요가 있어서요."

리오 리카온은 경계를 늦추지 않았다. 가까이 다가선 쥬톤

상위 0.001%
랭커의 귀환

도 굳이 나서질 않았다.

송명은 긴장한 얼굴로 강서준을 향해 질문을 던졌다.

"제 이름을 말해 주세요."

"……네?"

"얼른요. 제 이름이 뭐죠?"

의문이 생겨났지만 강서준은 한숨을 팍 내쉬며 그가 원하는 답을 해 주기로 했다.

"송명."

아직 질문은 끝나지 않았다. 다음은 리오 리카온이 강서준을 향해 물었다.

"제 이름은요?"

"리오 리카온."

"그렇다면 내 이름은……?"

흐름에 끼어서 쥬톤이 강서준을 향해 은근한 시선을 보내왔다. 강서준은 짧게 혀를 차며 답했다.

"데칼."

"호오?"

"그리고 쥬톤."

강서준의 대답이 끝나자, 곧 주변을 경계하던 이들이 모두 한숨을 내쉬며 무기를 내렸다.

긴장을 덜어 낸 리오 리카온은 한층 편안해진 얼굴로 강서준에게 손을 내밀어 악수를 청했다.

"오랜만입니다. 강서준 님."

"……네. 그런데 이게 다 뭡니까?"

"할 얘기가 많습니다. 정말……."

멀리서 상황을 보고 숨어 있던 파랑이가 연희연과 유리나를 데리고 이쪽으로 다가오고 있었다.

<hr />

리오 리카온은 31층으로 올라가는 계단 앞으로 적당히 자리를 잡고 앉았다.

군인들이 그곳에 캡슐을 던지니 텐트가 생겨났고, 각종 테이블이나 요리 도구가 나타났다.

그것만 봐선 확실히 리카온 제국은 현 지구의 기준으로 봤을 때, 초월적인 과학기술을 가진 문명국이 맞았다.

모두 전쟁을 위해 만들어진 기술이겠지만, 저 기술을 지구로 도입한다면 과연 어떤 일이 벌어질지 기대도 됐다.

플레이어에겐 인벤토리가 있어 그다지 쓸모 있진 않겠지만, 지구인 모두가 플레이어인 건 아니었으니까.

"우리가 이쪽으로 넘어온 건 약 일주일 정도 지났습니다. 차원 게이트 터미널에 생성된 포탈을 통해 바로 이곳으로 건너왔죠."

다행히 강서준이 우려했던 지구로의 은밀한 잠입 같은 경우는 없었다.

그저 이곳으로 연결된 포탈.

그리고 던전을 넘어올 때, 그들은 단 하나의 메시지를 관리자로부터 받았다고 한다.

「주도권을 쟁취해, 채널을 개방하라.」

'리루르크 녀석. 발악을 하는군.'

하지만 긴장하진 않을 수 없었다.

0114 채널의 섭종이 결정된 건 사실 호크 알론의 사망이 원인이 아니었으니까.

세계의 주도권을 NPC가 아닌 플레이어들이 가져간 게 화근이었다.

실제로 강서준을 비롯한 천외천은 0114 채널에서도 재미삼아 재앙의 탑을 공략했고.

NPC나 컴퍼니 따위보다 훨씬 빠른 속도로 중층을 공략해 버렸다.

다른 이들이 '상층부'에서 무언가를 해낼 여유 따위는 없었다는 말이 된다.

결국 과거는 컴퍼니가 예상했던 대로, 세계의 주도권이 플레이어에게 흘러가고 만 것이다.

켈이 속으로 중얼거렸다.

─그때야 컴퍼니의 모든 부서가 철수한 뒤입니다. 완전히 가망이 없는 세계였으니까요.

그리고 송명이 말했다.

"우리는 주도권을 뺏을 생각이 없습니다."

"네?"

"오히려 도우러 왔어요."

리루르크가 듣는다면 혈압이 올라 뒷목을 잡을 말을 서슴지 않고 하는 송명.

진실을 구분하는 능력으로 보아도 그는 진실을 말하고 있었다.

리오 리카온도 첨언해서 말했다.

"우린 리카온 제국에 드림 사이드가 오픈하길 원치 않아요. 그건 재앙의 시작이 될 테니까요."

"과연……."

오랜 전쟁으로 지친 민족이었고, 특히 리오 리카온을 위시로 한 쪽은 평화를 원했다.

이제야 데칼 무리를 저지하는 데에 성공했는데, 다시 세상을 전쟁터로 바꾸고 싶지 않은 것이다.

강서준은 고개를 주억거리며 리오 리카온의 말에 긍정했다.

'드림 사이드가 오픈할 거라는 걸 미리 알았더라면 나라도 막고 싶었을 거야.'

그들이 드림 사이드의 오픈을 반기지 않는 이유는 충분했다.

하물며 리오 리카온은 전쟁을 막기 위해 스스로 아이템이 된 자였다.

새삼스럽게 그 진심을 의심할 이유는 없었다.

'하지만 확인할 건 있어.'

강서준은 잠시 호흡을 가다듬더니 리오 리카온을 향해 입을 열었다.

"그나저나 아까는 어떻게 된 겁니까?"

"네?"

"다짜고짜 저한테 무기를 겨눈 이유를 좀 알고 싶습니다."

잠시 어벙한 얼굴을 하던 리오 리카온은 곧 강서준이 던진 질문을 이해했는지 대뜸 고개부터 푹 숙였다.

"……아까는 정말 죄송했습니다. 만나자마자 큰 실례를 범했어요."

"뭐라 하는 게 아닙니다. 그저 이유가 궁금할 뿐이죠."

구태여 리오 리카온 측 사람들이 강서준을 적대할 이유는 없었다.

데칼의 형상을 한 '쥬톤'도 본질은 몬스터였지만, 강서준과 우호적인 관계에 있다.

저들 중 강서준을 적으로 의심하고 무기를 겨눌 만한 위인은 없는 것이다.

리오 리카온은 한숨을 푹 내쉬었다.

"……설명해 드려야겠죠?"

"네. 대체 무슨 일이 있던 겁니까?"

그렇게 말하는 강서준은 사실 어렴풋이 저들에게 벌어진 일을 추측하고 있었다.

'패러사이트가 문제가 된 거겠지.'

하층에 나타난 중층의 몬스터.

재앙의 탑 내부의 균형을 무너뜨리는 놈들은 하나같이 몸에 '패러사이트'를 품고 있었다.

그리고 이놈은 몬스터를 쓰러트리자마자 바로 새로운 숙주를 찾아 움직이는 특징을 가졌다.

'내가 감염됐다고 여긴 거겠지.'

그게 가장 유력했다.

리오 리카온이 쓰게 웃으며 말했다.

"말로 설명하는 것보단 직접 보는 게 나을 겁니다."

그는 주변에 선 군인에게 모종의 신호를 보냈다.

군인들이 뒤로 물러나더니 곧 포승줄로 묶인 한 남자를 데려와, 앞에 앉혔다.

남자의 입가엔 침이 가득했고, 눈은 광기로 일렁였으며, 대부분 흰자가 드러나 있었다.

그리고 그는,

"끄아그, 끼여어어거거거 으지짓!"

아는 사람이었다.

"혹시 이 사람, '킨 멜리'입니까?"

리오 리카온의 보모이자, 검술 스승이던 자.

0116 채널의 화성에서 만났던 생존자 중 하나였고, 한때는 목성 탐사를 함께했던 사람이다.

"네. 비록……."

"끄이이이기! 까아아아끼꼬우!"

"……이렇게 되었지만요."

킨 멜리가 하는 말은 도통 알아들을 수 없는 단어가 태반이었다.

강서준이 가진 통역기로도 번역이 되질 않는 걸 보면, 저 언어는 사실상 언어라 보기 어려웠다.

단순한 울부짖음에 가까웠다.

"몬스터를 처치한 직후에 이리되었습니다. 처음엔 '기억상실'에 걸린 것처럼 절 몰라보더니…… 점점 언어마저 잃더군요."

"그래서 이름을 물어본 거군요."

"네. 무례를 범해 다시 한번 죄송합니다."

한편 킨 멜리의 가까이 다가가니 그는 포승줄에 묶이고도 괴성을 내지르며 달려들려고 했다.

움직일 때마다 포승줄이 몸을 옥죄어 오고, 종종 스파크도 튀겨 신체에 가해지는 통증도 상당해 보였는데.

킨 멜리는 통증 따위 아랑곳하지 않고 마치 짐승처럼 물어뜯고자 이를 딱딱대기만 했다.

'좀비 같군.'

하지만 엄연히 그 형태는 일전에 봤던 '그리드'나 '좀비'들과 달랐다.

영혼의 모양을 보나, 현재 킨 멜리의 상태를 보나…….

그는 어디까지나 인간이었다.

'역시 원인은 패러사이트겠지.'

강서준은 킨 멜리의 몸 깊숙이 뿌리를 박은 '패러사이트'를 확인할 수 있었다.

모르긴 몰라도 킨 멜리도 일련의 몬스터를 사냥한 직후, 패러사이트의 습격을 당한 게 분명했다.

강서준은 군인들에게 질질 끌려가 다시 멀어지는 킨 멜리의 뒷모습을 보았다.

'골치 아프군.'

한숨이 절로 나왔다.

몬스터를 죽여 패러사이트를 추출하는 건 알겠지만, 살아 있는 인간의 몸에서 놈들을 빼내는 법은 알지 못했다.

그 전에 빼내는 방법이 있을까?

혹시 그리드처럼 정상적으로 돌아올 수 없는 상태라면?

"일단 저렇게 구속해 두고는 있지만, 솔직히 어떻게 해야 할지는 잘 모르겠습니다. 의료진이 살펴봐도 전부 원인을 알 수 없다고만 해요."

리오 리카온의 안색은 침울하기 그지없었다.

하기야 그에게 킨 멜리는 부모나 다름없다.

전쟁에 미친 황제와, 다른 형제들 사이에서 그의 어린 시절은 피로 점철되어 있었고.

당시 리오 리카온을 곁을 지킨 기사가 바로 킨 멜리였으니까.

강서준은 혀를 차며 시선을 돌렸다.

'아직 뭐든 포기하기엔 일러. 그리드와 예후가 달라. ……패러사이트에 대한 자세한 정보가 필요해.'

적당히 휴식을 취한 일행은 빠른 속도로 다시 던전 공략에 나서기로 했다.

중층인 31층부터는 확실히 그 수준부터 달라지는 게 올라서자마자 느껴졌다.

"끝이 안 보이는군요. 대체 여기서 뭘 어떻게 찾으란 걸까요?"

누군가의 투덜거림은 다른 군인의 심정을 대변했다.

또한 강서준도 그 의견에 공감했다.

생각보다 중층에서의 난이도가 높게 느껴진 이유는, 그 세계관의 확장에 있었다.

'방향도 모르고 걷다간 밤을 꼴딱 새우겠어.'

물론 하층의 넓이도 좁은 편은 아니다.

수천에 달하는 몬스터가 득실거려도 충분한 공간이었으니까.

문제는 중층부터는 눈에 띄게 보이던 '계단'조차 없어진다는 점이었다.

'더 넓어진 세계관에, 올라가는 길은 또 알아서 찾으라는 거지.'

몬스터의 수준도 하층보다 더 높았고, 공략해야 할 퀘스트도 더 많아졌다.

심지어 퀘스트 중 몇 개는 낚시성 퀘스트도 있었다. 공략 즉시 한 층 아래로 떨어진다거나 아예 하층으로 보내 버리는 무시무시한 함정.

'……또 승급의 층을 돌파하고 싶진 않아.'

이젠 아무거나 주어지는 대로 공략해서는 재앙의 탑을 올라갈 수 없는 것이다.

"일단 공략해선 안 될 퀘스트부터 알려 드리겠습니다."

그나마 강서준을 비롯해 안센은 재앙의 탑에 대한 경험이 상당히 해박했다.

또 켈은 컴퍼니에서 주워들은 지식이 많아 여러모로 도움이 되고 있었다.

적어도 공략에 있어서 먹으면 안 될 '독버섯'을 골라낼 능력이 있는 것이다.

"제대로 된 퀘스트만 찾아 공략한다면 곧 위로 올라가는 계단도 찾을 겁니다. 운이 좋으면 '점핑'도 가능하겠죠."

중층부터는 던전 공략에 있어 '점핑'이라는 특수 함정도 등장한다.

이는 플레이어를 단번에 여러 계단을 오르게 만들어, 보상을 못 받게 만드는 함정.

그리고 이는 다르게 보면, 여러 계단을 무시하고 돌파할 수 있는 부전승 개념의 보상이었다.

특히 강서준처럼 그 수준이 일취월장한 플레이어라면 굳이 중층에 오래 머물 필요는 없다.

그런 자들에겐 특히 유용했다.

"일단 흩어져서 퀘스트를 찾기로 하죠. 공략은 그다음입니다."

"네!"

강서준은 일사불란하게 흩어지는 리카온 제국인들을 둘러보았다.

약 30명이나 되는 리카온 제국인들과 굳이 함께 던전을 공략하려면 그만한 리스크를 감당해야 한다.

시간도 더 오래 걸리고, 앞으로 공략할 퀘스트도 대규모 파티 수준으로 상향된다.

하지만 당장을 함께해야 할 필요가 있었다.

'이대로 올라가 봤자 도움이 안 된다. 원인을 완전히 파악해야 해.'

공교롭게도 본 샤크에 박힌 패러사이트는 크게 도움이 될 수 없었다.

뭔가가 시작도 되기 전에 '도깨비 왕의 수선도구'를 통해 박리시켰기 때문일까?

본 샤크의 몸에 심어졌던 패러사이트는 금세 말라 버렸고, 별 볼 일 없이 사멸되고 말았다.

'영혼 부대에게 또다시 감염시킬 수도 없어.'

놈들을 또 어디서 찾는 것도 문제지만, 일부러 영혼 부대를 감염시키는 것도 곤란했다.

모르긴 몰라도 그 씨앗이 몬스터에게 심어졌을 때, 순간이지만 강서준에게 '위기 감지'도 발동했으니까.

'아직 뭔지 정확히 몰라. 위험을 감수할 수는 없어.'

하여 강서준은 리카온 제국인들과 함께하기로 했다.

이미 여기엔 패러사이트에 감염된 피해자가 킨 멜리 말고도 여럿이나 있다.

구태여 새로운 패러사이트를 찾으려고 고생하지 않아도 되는 것이다.

"강서준 님만 믿고 있겠습니다. 던전 공략은 저희가 어떻게든 해낼게요."

"네. 주의한 것만 잘 피하면 될 겁니다."

강서준은 킨 멜리의 치료를, 리카온 제국 쪽이 퀘스트의 전반적인 공략을.

완벽한 공조 관계였다.

"나도 다녀올게, 파파왕!"

파랑이가 리오 리카온을 따라 움직이는 걸 본 강서준은, 시선을 패러사이트에게 삼켜진 환자들에게 고정했다.

이제 그가 할 일은 이들의 몸속에 담긴 패러사이트의 역할을 알아내고, 대체 그 정체가 무언지 파악하는 것이다.

"그래서 어쩔 셈이야? 배라도 갈라 보려고?"

이루리가 허공에 메스를 쥐고 긋는 시늉을 선보였다. 강서준은 어깨를 으쓱이며 답했다.

"연희연 씨가 있으니 안 될 건 없겠는데…… 그래선 답을 찾을 수 없겠지."

간호사 출신에, 힐러로의 성장을 거듭한 연희연이라면 충분히 개복 수술도 가능했다.

하지만 이번 문제는 패러사이트를 조사하는 일. 몸만 뒤적여 봐야 소용이 없다.

"놈은 영혼에도 뿌리를 내리니까."

리카온 제국의 의료진이 환자들을 살펴도 도통 원인을 알 수 없는 이유였다.

어떻게 했는지는 몰라도 패러사이트는 영혼의 한 자락에

닿아 있었다.

'그러니 기억에 문제가 생긴 거겠지.'

강서준은 곁에 남은 안센과 유리나 쪽을 보았다. 사실 강서준이 곧 할 일엔 두 사람의 도움이 절실했다.

"······그래서 저희는 무얼 도와드리면 될까요?"

강서준은 쓰게 웃으며 답했다.

"만에 하나라도 '녀석'이 유리나 씨에게 접근하려 한다면 차단해 주세요. 안센 님이라면 할 수 있어요."

"······네?"

"뭐, 크게 걱정하진 않아도 될 겁니다. 녀석이 다시 유리나 씨의 몸을 노릴 일은 아마 없을 테니까."

강서준이 한 말의 뜻을 파악했을까. 안센은 대번에 하얗게 질린 안색을 했다.

사실 그에게 혹시 모를 사태를 대비해, 미리 알려 준 게 있기에 이 '비밀'을 알고 있었다.

안센은 입술을 잘근 깨물었다.

"아직 놈을 완벽하게 막아 낼 만한 장비를 만들지 못했어요."

"어쩔 수 없죠. 늘 완전한 시작은 없는 법이니까요."

"만에 하나라도 정말 위험할 수도 있습니다."

"감수해야죠. 전력으로."

강서준의 굳은 눈을 마주한 안센도 결국 그의 생각에 동조할 수밖에 없었다.

"알겠습니다. 대신 위험하다고 판단된다면 일말의 망설임
도 없이 지우기로 약속해 줘요."

"물론입니다."

고개를 주억거린 강서준은 넓은 공터로 향했다.

주변의 몬스터는 백귀들에게 맡겨 유인했으니, 이 근방엔
어떤 생명체도 존재하지 않는다.

오직 안센과 유리나.

그리고 만에 하나 환자들의 상태가 안 좋아졌을 때를 대비
한 연희연이 전부.

강서준은 호흡을 가다듬으며 단검을 꽉 쥐었다.

[장비 '재앙의 유성검'의 전용 스킬, '이매망량'을 발동합니다.]

그리고 가진 힘의 다수를 대번에 끌어 올렸다.

'뇌신을 꺼내진 않아도 되겠지.'

하층을 돌파하면서 얻은 보상 정도로도 이놈을 요리하기
엔 충분했다.

하물며 '녀석'은 이전보다 훨씬 낱개로 찢어진 조각에 불과
했다.

'이매망량'은 만에 하나에 벌어질 미연의 사태를 방지하기
위함이었다.

연희연은 본격적으로 움직이는 강서준을 보며 약간 두려운 낯빛으로 물었다.

"대체 무얼 하시려고 그렇게까지……."

강서준은 쓰게 웃으며 도깨비 왕의 감투를 내려다봤다.

정확히 그 안에 담겨진 한 영혼을 보면서 경각심을 올렸다.

"이런 일은 전문가에게 물어보는 게 나을 것 같아서요."

"네?"

"패러사이트. 영혼에도 조작을 가하는 존재…… 제 생각엔 이런 걸 만들 사람은 이 세상에 단 한 명뿐이거든요."

슬슬 도깨비 왕의 감투가 부르르 떨며 강서준의 의지에 반응했다.

그 안엔 그가 귀속시키지 못한 한 영혼이 묵묵히 잠들어 있고, 곧 부름에 응하며 서서히 눈앞으로 그 형태를 갖추었다.

처음엔 램프의 요정처럼 스르륵 모습을 보이던 놈은, 점차 그 규모를 키워 영혼의 방대한 크기를 자랑했다.

수백에 달하는 도깨비감투의 자리를 혼자 독차지하더니만…….

역시 이 정도나 되는 크기의 영혼이 도깨비감투 속에 버젓이 숨어 있었다.

강서준은 완전히 모습을 갖춘 한 영혼을 응시하며 물었다.

"안 그러냐. 밀트?"

밀트.

전(前) 기록자이자, 전승인이던 존재.

그리고 녀석은 '저주받은 도시'에서 시스템에게 발각당해 데이터가 모조리 말소됐다.

두 눈으로 직접 목격했고, 관리자 샛별도 나서서 그 뒤처리를 했으니 놈이 되살아날 일은 다시는 없을 것이다.

설령 전생자라 해도 데이터가 지워지는 경우엔 부활할 수 없을 테니까.

'그래. 다들 그렇게 알고 있겠지.'

강서준의 시선은 서서히 형상을 갖추고 모습을 드러내는 '밀트'에게 향했다.

전처럼 걷잡을 수 없는 수준의 힘은 아니겠지만, 그럼에도 꽤 묵직한 데이터를 보유한 영혼.

'이놈이 바퀴벌레처럼 아직 살아 있다는 걸 안다면 샛별도 까무러치게 놀라겠지?'

놈이 어떻게 살아날 수 있었을까.

결론부터 말하자면 놈은 죽질 않았다.

대다수의 영혼이 시스템에게 발각당해 삭제되었을 뿐이다.

'일부가 도깨비감투에 있었지.'

녀석이 유리나의 몸을 빼앗고자 전승을 시도했을 때, 강서준은 억지로 놈의 일부를 도깨비감투에 넣었다.

당시엔 녀석을 막고자 한 행동이지만, 결국 이렇게 놈의 목숨을 살려 준 꼴이 된 것이다.

'운이 좋은 건지, 나쁜 건지……'

한편 강서준은 밀트의 생존 사실을 샛별을 비롯한 시스템에게 알리지 않기로 결정했다.

'비록 적이지만 녀석이 가진 가치는 무궁무진하다. 어떻게 이용하느냐에 따라 약이 될 수 있어.'

그러니 지금 그가 하는 행동은 시스템이 알아선 안 된다.

[장비 '도깨비 왕의 감투'의 전용 스킬, '도깨비불'을 발동 중입니다.]

강서준은 긴장을 더하며 더욱 영혼을 불태워 트래픽 양을 늘려 나갔다.

시스템의 눈을 속이는 건 이 정도면 충분했다.

"밀트. 정신이 좀 드냐?"

-…….

"허튼수작은 부릴 생각은 마. 그 즉시 넌 성불하게 될 테니."

말은 그렇게 했지만, 사실 그가 아무것도 할 수 없다는 걸 알고 있었다.

녀석이 다시 전승할 수 있을까?

'아니.'

유리나의 몸을 빼앗으려 해 봤자 시스템만 다시 불러오는 꼴이다.

영혼의 크기는 줄었다고는 해도, 전승을 하려면 그만한 희생이 따라야 한다.

강서준이 늘려 놓은 트래픽 양으로는 녀석의 전승을 보장하기엔 터무니없이 부족하다.

그때에도 10만 명이 넘는 인구를 인질로 잡질 않았던가?

'다른 사람의 몸도 뺏지 못해.'

하물며 작금의 영혼은 강서준이 어떻게든 튕겨 내거나 조작할 수 있다.

밀트는 이빨 빠진 호랑이였고, 목줄이 꽉 묶인 사자다.

녀석도 본인의 처지를 이해하는지 희미한 자신의 형체를 내려다보며 한숨부터 푹 내쉬었다.

-꼴이 말이 아니군.

"운 좋은 줄 알아. 그 정도만으로도 기적이니까."

-그래. 도깨비의 물건이 아니었다면 난 시스템의 눈을 피할 수 없었겠지.

자조적으로 웃던 밀트는 이내 무미건조한 눈으로 강서준을 보았다.

-그런 보잘것없는 날 왜 불러낸 거지? 그냥 지워 버리면 편하지 않나?

"너에게 물어볼 게 있어."

-하! 네가…… 나에게? 기가 차는군!

콧방귀를 뀐 밀트는 시선을 돌려 안센 쪽을 바라봤다.

어느덧 약하디약한 노예였던 안센보다 별 볼 일 없는 꼴이
되어 버린 그였다.

그는 경직된 미소를 일관하며 말을 이었다.

-개소리는 그만하고. 그냥 날 죽여라. 그게 훨씬 빠를 것이
다.

"아니, 넌 나에게 협조할 거야."

-오만한 자신감이군.

밀트는 혀를 찼다.

-네가 나에게 무얼 묻든…… 난 너에게 사과는 오렌지라 말
할 거고, 자두는 포도라 말할 거야.

"응. 그래."

-원숭이는 뱀이고, 고양이는 토끼가 될 거야.

"그러라고."

강서준이 대수롭지 않게 받아치니 오히려 밀트가 미간을
구기며 단정 짓듯 말했다.

-네가 뭔 짓을 해도 난 너에게 협조할 생각은 없다. 헛고생
하지 마라.

"츤데레도 아니고."

-뭐?

"넌 나한테 협조하고 싶잖아."

강서준은 쓰게 웃으며 밀트를 바라봤다. 이건 이루리의 거짓 판별 능력이 없더라도 알 수 있는 단순한 문제다.

'협조할 생각이 없었다면 처음부터 내 질문에 대답할 이유도 없었으니까.'

도주를 하든, 공격을 하든, 아예 무관심으로 일관하든…….

녀석이 고를 선택지는 많았다.

재앙의 유성검으로 영역을 선포한 것이나, 안센에게 미완성 장비로 유리나를 지키라 닦달한 것도 그저 만에 하나를 대비했을 뿐이다.

무엇보다 녀석은 강서준을 도와야 할 이유가 있다.

"나는 너에게 남은 유일한 수단일 테니까."

─…….

시스템에게 영혼의 대부분을 말소당한 존재. 또한 전승도 하질 못하고 현재엔 실체조차 잃은 유령이 되어 버린 자다.

그런 밀트에게 무언가를 해 줄 수 있는 사람은, 아이러니하게도 도깨비의 왕인 강서준밖에 없다.

막말로 강서준이 당장 주변을 불태우던 영혼만 거두어들인다면……?

녀석은 머지않아 시스템의 표적이 된다.

놈은 존재 자체가 버그였다.

'즉 내가 무슨 변덕을 부리더라도 따를 수밖에 없다는 거지.'

녀석에게 '생존 의지'가 있고, 무언가를 이루고자 하는 큰 '목적'이 있는 한······.

그가 '갑'이고, 녀석이 '을'이다.

"안 그래?"

─······빌어먹을.

속내를 완전히 들킨 밀트는 비협조적일 것만 같던 모습을 씻은 듯이 던져 버렸다.

말투는 여전히 틱틱댔지만, 그래도 전보다는 훨씬 나았다.

─그래서 궁금한 것은?

"네가 봐야 할 게 있어."

─호오?

강서준은 밀트의 영혼을 이끌고 한쪽에 묶여 있는 리카온 제국인에게 향했다.

가까이 다가서자마자 다분한 공격성을 보이며 으르렁대는 사람들!

충성심으로 가득하여 한때는 라이칸의 롤 모델과도 같던 '킨 멜리'는, 웨어울프만도 못한 짐승처럼 포효하고 있었다.

"키에에끄으으르!"

이에 밀트는 한마디로 일축했다.

─패러사이트로군. 저건 내가 꽤 오래전에 만든 건데······ 아

직도 살아 있었나?

"역시 네가 원인이었냐."

─나도 먹고는 살아야지. 한창때 저걸로 꽤 돈벌이가 짭짤했었지 아마?

강서준은 혀를 차며 물었다.

"그래서 해독제는 뭐야?"

─무슨?

"저 사람들…… 어떻게 되돌리냐고."

위험을 감수하고서라도 밀트를 소환한 이유는 오직 여기에 있다.

강서준은 기대를 품고 밀트를 바라봤고, 녀석은 어깨를 으쓱이며 답했다.

─몰라.

"뭐?"

─나도 모른다고. 기억이 안 나.

"뭔 개소리야? 너 거짓말 하는 거 아니야?"

─거짓말이 아닌 건 그 잘난 진실의 성물로 보면 알 거 아니야.

강서준은 입술을 잘근 깨물며 이루리를 돌아보았다. 그녀가 보기에도 현재 밀트는 거짓을 말하는 게 아니었다.

놈은 정말 저들을 고칠 방법을 모른다.

'설마 데이터가 손상을 입었나?'

모르긴 몰라도 시스템에게 영혼을 말소당하는 과정에 어떤 손상이 생겨났는지 알 수 없었다.

'하필 관련 기억이 없다니…….'

괜히 시간만 낭비하고, 녀석이랑 쓸데없는 입씨름만 한 꼴이 아닌가?

강서준이 신경질적으로 밀트를 노려볼 때였다.

그가 입을 열었다.

─근데 기억나는 게 하나는 있어. 음…… 저놈을 구매해 간 게 아마 '제레브'라는 마왕이었을 거야.

……뭐?

잠시 후, 쓸데없는 밀트를 도깨비감투로 무사히 봉인한 강서준은 말없이 반지를 내려다봤다.

마왕 제레브의 반지.

밀트의 함정에서도 빠져나올 때 큰 도움을 준 녀석이 바로 '마왕 제레브'였다.

'그러고 보면 이 녀석의 본체가 재앙의 탑에 있다고 했지?'

녀석의 힘을 빌린 대가로, 강서준은 녀석의 본체를 찾아 소멸시키기로 계약을 맺었다.

그리고 그날 이후로 다시는 '마왕 제레브의 반지'를 통해,

녀석이 소환되는 일은 없었다.

마치 고장이라도 난 것 같았다.

'퍼즐이 조금씩 맞춰지는군. 어쨌든 재앙의 탑에서 벌어진 이변이 제레브와 관련됐다는 거야.'

강서준은 주먹을 불끈 쥐었다.

원인을 대충 알아냈으니, 이젠 해결 방법을 고민해 볼 차례였다.

옆에서 곰곰이 고민하던 이루리가 말했다.

"그냥 밀트의 무의식을 세밀하게 조사해 보는 건 어때?"

듣는 것보다 직접 보는 게 훨씬 이해하기 쉽고, 무언가를 알아내기에도 좋다.

하지만 강서준은 고개를 저었다.

"안 돼. 실체가 없는 영혼이 꿈을 꿀 리가 없잖아?"

강서준이 가진 스킬인 '인 투 더 드림'은 누군가의 꿈속으로 들어가는 스킬이다.

그리고 죽어 버린 영혼은 잠을 자지 않기에, 꿈도 꿀 수 없다.

"그럼 알리를 이용해서라도……."

"이빨이 빠졌어도 호랑이는 호랑이다? 알리가 먹힐 거야."

한편 강서준은 구태여 불가능한 계획만을 언급하는 이루리를 마주할 수 있었다.

똑똑한 그녀가 정말 종전의 계획들이 가능할 거라고 생각해서 물어본 걸까?

강서준은 쓰게 웃었다.

'선택지를 없애 주는 거구나.'

사실 강서준도 현재 그가 어떤 선택을 해야 하는지 아주 잘 알고 있었다.

그저 망설이고 있었을 뿐.

"결국 들어가 보는 수밖에 없어. 남은 방법은 이것뿐이야."

패러사이트가 문제라면, 그 원인을 도려내면 된다.

그리고 그게 영혼에 뒤엉켜 빼내기 힘든 거라면…… 그 영혼 자체에 접근해 봐야 한다.

'킨 멜리의 무의식으로.'

그가 들어가야 할 꿈은 그쪽이다.

＊＊＊

일단 방향은 결정했지만, 들어가기 전에 우선 안센에게 부탁할 것들이 있다.

"제가 다녀오는 동안 이것 좀 제대로 완성해 줄 수 있어요?"

그가 안센에게 건넨 건 '그랑의 어금니 단검'이었다.

딱히 내구도가 떨어지고 수리가 필요한 건 아니었다.

단, '세공품'을 목적으로 만들어졌기에 그 성능이 뒤떨어지는 단점만이 있었다.

그걸 보완해 줬으면 했다.

"아직 제 수준으로는 힘들 텐데요."

"알아요. 그래도 해 줘요. 본연의 성능을 모두 살리지 못해도 좋습니다."

본래 이 물건은 좀 더 상층에 오른 후에야 그에게 부탁하려 했던 장비다.

그때는 안센의 수준도 각종 보상으로 일취월장했을 터. 스킬 등급도 지금보다 훨씬 높을 것이다.

'문제는 여유가 없다는 거야.'

하층에서 중층의 몬스터를 만났다. 그렇다면 중층에서 만날 몬스터는 과연 어느 정도일까?

패러사이트가 박힌 돌연변이가 또 나타난다면, 단연 상층의 몬스터일 것이다.

강서준은 그때를 대비해야 한다.

'컴퍼니.'

강서준은 높은 확률로 놈들이 몬스터의 몸에 패러사이트를 심었다고 확신한다.

그들이 아니고서야 이런 짓을 할 사람이 또 누가 있을까.

어쩌면 세계의 주도권을 두고 싸우는 최종 국면은 이곳에서 벌어질지도 모른다.

　안센은 애써 고개를 끄덕였다.

　"최선은 다해 보겠지만 너무 기대하진 마세요."

　"조금 날카로워도 되니 공격력만 더 올려 주세요."

　"내구도가 떨어질 텐데요?"

　"그럼 더 자주 수리를 맡길게요."

　강서준은 몇 가지를 더 당부한 뒤에야 몸을 돌렸다. 킨 멜리는 여전히 알 수 없는 소음을 내지르며 흉포한 기세를 하고 있었다.

　그나마 연희연이 그쪽으로 힐을 걸어 주어, 약간은 잠잠해진 분위기도 만들어졌다.

　"그럼 다녀오겠습니다."

　"……네. 몸조심하세요!"

　연희연의 배웅을 끝으로 강서준은 바로 킨 멜리의 꿈속으로 뛰어들었다.

　패러사이트가 심어진 자의 꿈속으로 들어가는 건, 큰 위협은 되진 않나 보다.

　다행히 위기 감지는 없었다.

　[스킬, '인 투 더 드림(E)'을 발동합니다.]

　[주의! '드림 키퍼'를 조심하십시오.]

잠시 눈을 껌뻑이니, 사방으로 검은 구멍이 뚫린 어느 기괴한 공간에 도달해 있었다.

"여긴……."

뚫린 구멍 너머로는 다양한 영상이 펼쳐졌다.

혹시 킨 멜리의 표층 기억이 이런 식으로 표기되나 싶어 둘러보려니…… 그는 의외의 사실을 마주할 수 있었다.

'킨 멜리의 기억이 아니야.'

투콰아아아앙!

거기다 이게 웬걸?

「"도망쳐요. 최하나 씨!"」

한 영상 속에는 익숙한 얼굴의 여자가 피로 물든 얼굴로 힘겹게 전투를 벌이고 있었다.

"……."

그뿐만이 아니었다.

피로 절은 옷자락으로 겨우 얼굴을 닦는 링링이나, 크게 다쳤는지 한쪽에 배를 붙잡고 쓰러진 김훈도 보였다.

나도석은 그 앞에서 넝마가 된 몸으로 다가오는 몬스터를 향해 드잡이를 벌였다.

그리고 마지막으로 강서준은 이 모든 장면을 보고 있는 사람이 누군지 알았다.

「"미안해요. 정말 미안해요. 이건 제 뜻이 아니라……! 제발…… 피해 주세요!"」

사이코패스처럼 말과 행동이 다른 한 남자의 시점.

이건 리트리하의 것이다.

강서준은 잠시 말이 없었다.

'어떻게 된 거지? 킨 멜리의 꿈속인데 왜 리트리하의 시점이 보이는 거야?'

곰곰이 고민해 봤지만 원인은 하나였다.

패러사이트.

킨 멜리의 영혼에 심어진 패러사이트를 통해, 리트리하의 시야를 공유하는 것이다.

어쩌면 패러사이트에 당한 이들의 무의식은 이렇게 하나로 연결된 걸까?

'잠깐…… 그럼 리트리하도 패러사이트에 당했다는 거잖아.'

시점 너머로 힘겹게 전투를 벌이는 동료들의 모습이 보였다.

최하나는 이를 악물고 총구를 겨눴으며, 링링은 피 묻은 지팡이를 애써 휘둘렀다.

특히 김훈의 상태는 복부에 자상이 심각해 보였다.

강서준은 곧 생각보다 더 안 좋은 소식도 발견할 수 있었다.

'마일리의 시점도 보이잖아?'

마일리가 선 곳은 리트리하와 다르지 않았다.

그녀는 부상당한 동료를 회복시키기보단, 회복이 더디도록 저주를 걸고 있었다.

특수 포션 치료를 할 수 있던 김훈이 여태 복부의 자상을 회복하지 못하는 데엔.

마일리의 저주도 한몫하고 있었다.

'골치 아파졌군.'

강서준은 한숨을 삼키며 일단 한 걸음 떨어져 주변을 둘러봤다.

킨 멜리의 무의식은 곳곳이 이런 다양한 시점만이 가득 들어차 있었다.

드림 키퍼? 그의 기억?

그런 것들은 봉인이라도 된 것처럼 보이지도 않았다. 그저 패러사이트로 점철된 풍경이다.

강서준은 재앙의 탑 곳곳의 풍경을 보여 주는 여러 시점들을 둘러봤다.

'이게 전부 패러사이트에 당한 자들이란 건가…….'

종종 몬스터의 시점도 보였고, 괴성을 내지르며 안센을 향해 포효하는 리카온 제국인의 시점도 선명했다.

그리고 대다수는 킨 멜리처럼 알 수 없는 말로 포효했다.

소수의 몇 명만이 리트리하나 마일리와 마찬가지로 의사소통이 가능해 보였다.

강서준은 그 부분에 주목했다.

「"……피해요! 위험해요!"」

「"미안합니다. 정말 미안합니다!"」

몸의 제어권은 뺏겼지만 말투는 그대로였다. 정신까지 완전히 제압당한 건 아닌 것이다.

'정신력의 차이인가?'

모를 일이다.

정신을 제압해 미치광이로 만들 수 있거나, 신체만을 제압하는 방식이 따로 있는 건지.

그도 아니면 정말 레벨이 너무 높아서 정신까지 제압할 수 없게 된 건지.

'어느 쪽이든 터무니없어.'

리트리하나 마일리처럼 고렙의 플레이어에게 개입할 수 있다는 것만으로도 놀라웠다.

물론 그게 어떻게 가능한지는 중요하지 않았다.

제작자가 그 '밀트'지 않은가.

더한 것도 나올 수 있다.

"귀찮게 말이야."

짧게 혀를 찬 강서준은 다시 리트리하의 시점에 집중했다.

구석으로 내몰려 꽤 위태로운 상황에 놓인 1차 원정대의 모습.

'일단 빠져나갈 틈부터 만들자.'

강서준은 호흡을 가다듬으며 리트리하의 시점에 고스란히

보이는 적의 움직임을 주시했다.

일행을 구석으로 내몰기 위해, 수많은 병사와 몬스터가 포위를 좁혀 왔다.

지친 숨소리가 들렸고, 최후를 다짐한 듯 최하나의 총구가 푸르게 불타올랐다.

「"으아아앗, 피해요!"」

리트리하가 비명처럼 대검을 높이 들어, 최하나에게 달려드는 순간이었다.

[스킬, '공절(S)'을 발동합니다.]

[스킬, '필사의 참격(S)'을 발동합니다.]

별안간 시점 너머의 컴퍼니 쪽으로 날아간 참격은 순식간에 연달아 피분수를 쫙 터뜨렸다.

가까스로 리트리하의 대검을 저격총으로 막아 낸 최하나는, 그쪽을 응시하며 바로 외쳤다.

「"링링!"」

링링은 예열해 둔 마력을 그 방향으로 쏘아 내며 엄청난 바람을 일으켰다.

쿠아아아아!

일제히 그 방향으로 달리기 시작한 일행. 뒤늦게 김훈을 붙든 나도석이 크게 뛰어오르며 도주를 감행했다.

당황한 적들이 빠르게 쫓으려 움직이려는 때, 한 차례 더 참격이 놈들을 휩쓸었다.

[스킬, '공절(S)'을 발동합니다.]
[스킬, '필사의 참격(S)'을 발동합니다.]

연달은 공격에 적들은 어쩔 줄 모르는 얼굴을 했고, 리트리하나 마일리도 약간은 버퍼링이 생긴 것처럼 뒤늦게 몸을 움직였다.

「지금입니다! 도망쳐요!」

「우린 괜찮으니 잡히지 말아요!」

버럭 소리를 지르는 리트리하의 시점 너머로, 일행은 빠르게 동굴을 빠져나갔다.

아직 쫓기는 건 매한가지였으나 당장 급한 불은 끈 셈이다.

'……다행히 공절이 통하긴 하는데, 생각보다 반응이 빠르네.'

강서준은 주변의 시점이 하나둘 전원을 꺼트린 것처럼 어두워지는 걸 깨달았다.

누군가가 일부러 이쪽에서의 연결을 차단하고 있었다.

강서준은 쓰게 웃으며 주변을 살폈다.

"뭐 됐어. 대충 원인은 알겠으니."

패러사이트가 구체적으로 뭔지는 몰라도 어떤 방식으로 구동되는지는 알 법했다.

'개별적으로 나뉜 것처럼 보여도 전부 하나로 묶여 있단 말이지. 온라인으로 연결된 것처럼…….'

강서준의 시선이 위로 향했다.

[스킬, '류안(S)'을 발동합니다.]

곳곳에 열린 시점 구멍은 모두 천장에 난 커다란 구멍으로 흐름이 연결되어 있다.

그곳에서 빠져나온 미증유의 기운이 각 시점으로 골고루 흘러 들어가는 것이다.

킨 멜리의 무의식 전반적으로도 그 미증유의 힘이 널리 퍼지는 게 훤히 보였다.

'저곳이다.'

강서준은 바로 알았다.

'저곳을 공략해야 해.'

❈

거친 기류를 타고 빠르게 동굴을 빠져나온 최하나는 매의 눈으로 주변을 살폈다.

테마가 오직 어두운 야산이라는 특징인 이번 층에선, 달빛조차 희미해 적을 식별하기란 쉬운 일이 아니었다.

"……일단 따돌린 것 같아요."

스킬을 해제한 최하나는 겨우 한숨을 내쉬며 일행을 돌아봤다.

다들 지친 얼굴이었다.

특히 복부의 상처를 제대로 치료하질 못한 김훈은 거의 죽어 가는 안색이었다.

그는 힘겹게 복부로 포션을 뿌리고, 직접 삼킨 뒤에야 안정할 수 있었다.

"죄송합니다. 제가 공간이동을 쓸 수 있었더라면……."

"죄송할 게 있나요. 쓰기 싫어서 안 쓰는 것도 아닌데."

"하지만……."

"됐어요. 그만 말하고 지혈부터 끝내요."

중층부터는 슬슬 환경도 플레이어에게 악조건으로 나타나곤 하는데, 여긴 공간이동이 제한된다는 특징이 도드라진 층이다.

김훈이 뭔 짓을 해도 이번 층에선 그가 가진 그 어떤 스킬도 발현되지 않는다.

'그뿐이 아니야. 여긴 생각보다 훨씬 더 지독해.'

입술을 잘근 깨문 최하나는 상처가 회복되질 않는, 자신의 신체를 확인했다.

트롤의 심장을 가진 그녀조차 이곳에선 제대로 된 회복을 할 수 없었다.

'번 블러드에 제약이 생겼어.'

여긴 공간이동과 더불어, 체력의 회복마저 제한되는 극한의 58층.

최하나의 시선이 옆에서 거친 숨을 몰아쉬는 나도석에게 향했다.

'나도석 씨도 여기선 취약해.'

모든 기술을 '힘'과 '체력'을 바탕으로 싸우는 나도석의 경우엔, 너무나도 쉽게 지치고 힘들 수밖에 없는 곳이다.

나도석은 대뜸 기합을 내질렀다.

"흐으아압! 근성이 부족한 거야!"

하지만 곧 그의 머리통을 링링이 지팡이로 후려쳤다.

"아주 여기에 나 있다고 광고를 해라."

"흥. 어차피 곧 들통날 텐데 뭘."

"넌 어차피 죽을 건데 왜 사냐?"

늘 고양이와 개처럼 서로 못 잡아먹어 안달인 둘은 서로를 향해 으르렁거렸다.

꽤 익숙한 그림이라, 최하나는 그러려니 넘겼다.

사실 그보다 그녀의 머리를 어지럽게 만드는 게 따로 있었기 때문이다.

'우릴 도와준 사람이 있어.'

분명 동굴에서 도망칠 때에 출처가 모호한 참격이, 적진을 헤집어 났다.

약 두 번의 공격······.

그 공격이 없었더라면 동굴을 빠져나오는 게 생각보다 쉽진 않았을 것이다.

최하나는 입술을 잘근 깨물었다.

'강서준 씨.'

구체적으로 확신할 수는 없었지만 막연하게 그 얼굴이 떠오르고 있었다.

드디어 그가 돌아온 걸까?

한편, 곧 어두운 밤하늘로 새로 홀로그램이 솟구치기 시작했다.

58층의 지도, 세밀하게 구분된 등고선 위로 동그란 점들이 수 개 생겨났다.

당장 이 땅에 선 모든 이들의 위치를 공개하는 58층의 아주 지랄 맞는 규칙.

링링이 신경질적으로 말했다.

"또 파리들이 몰리겠어."

아마 이것만 없었더라면 그토록 쉽게 쫓길 일은 없을 것이다.

최하나는 잠깐이지만 홀로그램으로 표기된 적들이 일제히 이쪽으로 다가오는 걸 보았다.

약간 안색이 회복된 김훈은 힘겨운 목소리로 말했다.

"일단…… 다음 층으로 넘어가는 건 어때요?"

"네?"

"여긴 우리한테 너무 불리하잖아요. 먼저 가서 적들을 기다리는 것도 좋지 않을까요?"

그의 전매특허나 다름없는 공간이동조차 못하는 상황에서, 그는 일개 체력이 좋은 인간에 불과하다.

꽤 지독한 무력감을 느끼고 있을 것이다.

처음부터 할 수 없는 것보다, 할 수 있던 걸 하지 못하게 됐을 때에야 상실감이 더 크니까.

링링은 고개를 가로저었다.

"아니, 그건 안 돼."

"왜요?"

"59층이라고 우리한테 유리한 환경이라는 장담은 못 해."

과연 층을 올린다고 상황이 나아질까? 최하나도 링링의 말에 부득이하더라도 긍정할 수밖에 없었다.

링링은 이어서 말했다.

"59층엔 오히려 마력 제한이 더 추가될지도 몰라."

"하지만 여긴……."

"맞아. 불리하지."

링링은 지팡이에 묻은 피를 대충 옷에 닦아 내며 말했다.

"그럼에도 여기에 있는 게 나아. 적어도 지금보다 나빠질 상황은 없을 테니까."

"……정말 그럴까요."

"게다가 올라가선 추적이 안 될 수도 있어."

1시간마다 지도에 서로의 위치가 드러나는 것이 또 무얼 뜻하겠는가.

'적들의 위치도 공개된다는 거야.'

링링이 말했다.

"우린 그냥 쫓기는 게 아니잖아."

"……진백호 씨."

"그래. 그를 되찾아야 해."

김훈은 아직 납득하지 못한 얼굴이었지만 애써 긍정하여 고개를 끄덕였다.

그들은 적들에게 쫓기는 입장인 것처럼 보여도, 반대로 그들도 적을 쫓고 있었다.

현재 컴퍼니 측은 '진백호'를 납치한 본대와, 그들을 추격하는 추격대로 나뉘었으니까.

나도석은 길게 한숨을 뱉었다.

"아무래도 여기서부터 찢어지는 게 좋겠다."

"뭐?"

"이대로는 꼬맹이를 찾기는커녕 끝도 없이 싸우기만 할 거 아니야."

나도석은 천천히 걸음을 멈추더니 몸을 돌렸다. 지도상으로는 적들이 쫓고 있을 방향이다.

"추격대는 내가 맡지. 너흰 꼬맹이부터 구해."

"아무리 너라고 해도 그 둘은 쉽지 않아."

추격대가 골치 아픈 건 적들의 숫자가 아니다. 그들을 이끌며 부득이하게 공격에 가담하고 있는 단 두 사람.

리트리하와 마일리.

무슨 이유에서인지 적에게 조종당하는 두 사람을 상대해야 하기 때문이다.

"근성으로 이겨 내야지."

"……죽을 수도 있어."

"구미가 확 당기는군."

일행은 더는 나도석의 행동을 제지하지 않았다. 그들이 생각하기에도 이보다 좋은 방법은 없었다.

"꼭 꼬맹이를 구해."

그 말을 뒤로하고 나도석은 어둠 속으로 멀어졌다. 잠시 그쪽을 바라보던 일행은 몸을 돌려 발길을 재촉했다.

적들의 본대는 현재 한창 58층 공략에 최선을 다하고 있었다.

놈들이 59층으로 도망가기 전에, 진백호를 되찾는 게 최우선이라 할 수 있었다.

"근데 진백호 씨는 괜찮을까요?"

우려 섞인 목소리로 김훈이 물었다. 최하나는 슬슬 눈에 보이는 한 유적지를 확인하며 답했다.

"괜찮을 겁니다. 그들도 목적은 우리랑 같으니까요."

컴퍼니의 목적은 재앙의 탑 상층부로 올라, 이스터 에그에 도달하는 것이다.

이를 위해서라면 '주요 인물'은 반드시 필요했고, 생명은 보장되어야 한다.

"뭣보다 섭종이 안 됐잖아요?"

이런 방식으로 그의 안전을 확인하고 싶지 않았지만, 이보다 확실한 증거가 또 있을까.

진백호가 죽으면 이 세계도 끝이다. 그 당연한 진리를 적이 모를 리는 없다.

하지만 안심할 수도 없겠지.

그들은 0114 채널을 섭종시키려고 '호크 알론'의 몸에 독을 심은 당사자였다.

또한 생명만 유지된다면……

신체의 어느 곳이 망가지더라도 크게 개의치 않을지도 모른다.

"괜찮아야죠. 괜찮을 겁니다."

주문처럼 되뇌며 그들은 58층의 공략 구역인 숨겨진 유적지로 진입했다.

선택의 기로

　하지만 원인을 알았다고 해도 그것만으로 문제가 해결되는 건 아니다.

　'과연 저쪽으로 넘어갈 수 있을까?'

　현재 그가 있는 곳은 킨 멜리의 꿈속이었지, 저 구멍의 주인이 꾸는 꿈이 아니었다. 즉 흐름이 연결되어 있다고 하더라도, 저 건너편은 또 다른 누군가의 무의식이란 것이다.

　'꿈속에서 다른 꿈으로의 이동이라……'

　적어도 한 번도 시도해 본 적이 없는 일이다.

　'일단 공절은 무리야. 베어야 할 대상을 모르니까.'

　'공절'로 당장 최하나가 있는 층으로 개입한 것과 마찬가지로, 공간을 건너뛰는 참격도 가능하다.

하지만 베어야 할 대상을 모르는 한 제아무리 참격을 날려도 유효타가 될 수 없다.

공절이 대단한 기술이긴 해도 누군가의 무의식을 통째로 도려낼 수는 없는 노릇이니까.

'……아무리 생각해도 넘어가는 것 말고는 다른 방법은 없군. 뭐든 저쪽으로 가 보아야 알 수 있겠어.'

고민하는 사이 어느덧 주변은 어두워지고 있었다.

패러사이트로부터 연결이 차단되면서 수많은 시점이 어둑하게 가려지고 있었다.

시간은 많지 않았다.

'밀져야 본전이다.'

이쪽 '꿈'에서 저쪽 '꿈'으로.

[스킬, '인 투 더 드림(E)'을 발동합니다.]
[주의! '드림 키퍼'를 조심하십시오!]

일단 스킬은 발동했다.

투두두두두!
처음 들려온 소리는 천둥이 몰아치는 듯한 시끄러운 총성이었다.

－키아아악!

수많은 충격에도 끄떡없이 돌산을 무너뜨리며, 앞으로 전진하는 거대한 괴물.

얼핏 켄타우로스 같은 생김새였는데, 머리는 네 개였고 피부는 날아오는 대포알을 무시할 정도로 단단했다.

'고대의 신수(神獸) 오르카나.'

'땅, 불, 물, 하늘'의 도합 네 개의 속성을 가진, 재앙의 탑 중층의 대미를 장식하는 승급 몬스터.

'상층의 관문장'이라 불리는 놈.

이놈은 어지간한 용보다도 더한 마법과 체력을 보유한 괴물이다. 강서준도 쉽게 승부를 점칠 수 없었다.

투콰아아앙!

"밀어내! 다리를 노려!"

"이곳만 밀어내면 세계를 되돌릴 수 있다!"

"용사들이여, 물러서지 마라!"

선봉장에 선 장군들이 각가지 스킬을 발휘하며 빠르게 오르카나의 발목을 가격했다.

각종 마법이 유기적으로 터지며 그들을 노리고 날아왔지만, 목숨을 내던질지언정 뒤로 물러나는 일은 결코 없었다.

이유는 간단했다.

"세계가 복원된다면…… 죽더라도 다시 살아날 것이다.

죽음을 두려워하지 마라!"

"우와아아아!"

이곳에서 죽더라도 상층부의 이스터 에그만 돌파할 수 있다면.

세계의 재건을 성립시킨다면······.

모든 건 정상으로 돌아온다.

그들은 오직 그 목표를 달성하기 위해 이 자리에 섰고, 오르카나를 돌파하려 했다.

강서준은 가장 선두에 서서 날카로운 공격을 잇는 한 인간을 볼 수 있었다.

'제레브.'

마왕 제레브가 오르카나를 향해 무자비한 공격을 펼쳐 내고 있었다.

그가 기억하는 모습보다 훨씬 강하고, 일개 A급 몬스터라고 상상하기 어려운 장면.

'강해. 무지막지하게 강해.'

한편 전장을 살펴보던 강서준은 꽤나 뒤늦게라도 본질적인 의문을 떠올릴 수 있었다.

'잠깐······ 성공한 건가?'

그렇게 잠시 주변을 둘러보던 강서준은, '인 투 더 드림'이 성공적으로 발동했다는 사실만은 알 수 있었다.

'킨 멜리의 기억은 아니야. 그가 재앙의 탑을 공략했을 리

는 없으니까.'

즉 여긴 또 다른 누군가의 무의식이고, 결국 그 구멍 너머의 공간에 다다랐다는 결론이 나온다.

그리고 '누군가'의 정체는 뻔했다.

'제레브의 무의식이구나.'

오르카나와 한창 전투를 벌이고 있는 자가 '제레브'였거니와, 밀트는 분명 패러사이트는 제레브와 관련됐다고 했다.

'여기서 제레브가 나와도 이상하진 않아.'

다소 문제가 있다면…… 왜 느닷없이 오르카나를 사냥하는 기억에 난입했냐는 거다.

'스킬의 등급이 낮아서 그런가?'

E급 스킬은 E급의 성능을 보이기 마련이다.

아직 필요성을 느끼지 못해 등급을 올리지 않은 '인 투 더 드림'은 그만한 성능만을 가졌을 것이고.

심지어 꿈속에서 또 다른 이의 꿈으로 건너는 건 이번이 처음이 아닌가.

어쩌면 제대로 진입조차 하질 못하고 샛길로 빠져, 기억 영상에 난입했을 수도 있다.

'그럼 일단 드림 키퍼부터 찾아야겠군.'

목적은 간단했다.

만에 하나라도 녀석의 자아를 붕괴시킬 수만 있다면, 패러사이트 자체를 무력화시킬 수 있는지도 모르는 일.

최소한 이곳에서 다른 곳으로 흘러가는 그 수상한 기운을 차단하기만 해도 유의미한 결과가 나올 것이다.

　　하지만 그때였다.

　　"놀랍군. 네가 여기에 올 줄이야."

　　강서준은 뒤편에서 들려온 소리에 화들짝 놀라 고개를 돌렸다.

　　현재 그는 아르카나와 싸우고 있는 사람들의 머리 위, 즉 하늘에 둥둥 떠 있었다.

　　"넌……."

　　"그래. 내가 다시 눈을 뜨게 된 이유가 있었구나. 모두 너 때문이었어."

　　혼잣말로 중얼거리며 허공을 걸어, 그에게 천천히 다가오는 사내는 낯이 익었다.

　　강서준은 아르카나를 향해 연신 검격을 날리는 제레브와, 눈앞에 선 남자를 번갈아 보았다.

　　'제레브…….'

　　마왕 제레브.

　　그가 눈앞에 서 있었다.

　　'……드림 키퍼로군.'

　　강서준은 남몰래 긴장을 올리며 만반의 태세를 갖췄다.

　　드림 키퍼는 본인의 무의식에 한하여 거의 무적에 가까운 힘을 발휘할 수 있는 존재.

하지만 영혼의 크기만큼은 그 누구에게도 뒤처지지 않는 그였다. 쉽게 당해 줄 생각은 없었다.

그때, 제레브가 말했다.

"경계할 거 없어. 난 너의 적이 아니니까."

"……뭐?"

"오른손을 보도록."

저도 모르게 시선을 내린 강서준은, 오른쪽 손가락에 끼어진 반지가 찬란한 빛을 토해 내는 걸 볼 수 있었다.

"너 설마……."

"그래. 알아보겠나?"

강서준은 녀석의 얼굴을 바라보면서 슬슬 예열시키던 마력을 차분하게 가라앉혔다.

그리고 헛웃음을 지으며 입을 열었다.

"역시 자아가 나뉘었었구나. ……네가 바로 반지로 소환됐던 제레브지?"

"알고 있었나?"

"예상은 했지."

이 세상에 그 누가 자기 자신을 죽여 달라며 계약까지 한단 말인가.

뭐, 살아가는 게 지쳐 자살을 원하는 쪽이라면 그럴 수도 있겠지만…….

적어도 제레브는 그럴 녀석은 아니었다.

'죽고자 하는 놈이 패러사이트를 갖고 이 난리 통을 만들 이유가 없잖아.'

무엇보다 일전에 제레브가 그에게 말하는 것이, 마치 본인을 막아 달라는 투가 아니던가.

제레브는 자조적으로 웃으며 말했다.

"맞아. 따지고 보면 난 두 번째 자아야."

그의 시선이 여전히 빛나고 있는 반지로 향했다. 그리고 그는 대뜸 어찌 된 연유인지 자초지종을 설명하기 시작했다.

"어디부터 우연인지 모르겠지만…… 내가 정신을 차린 곳은 차원 서고의 안이었다."

"뭐?"

"네가 날 차원 서고에 가둔 이후로, 무슨 이유에서인지 내 자아가 각성했고 차츰 기억이 돌아오더라고."

일전에 강서준에 의해 사냥당했던 A급 몬스터 '마왕 제레브'의 심장은, 녀석을 소환하는 아이템이 되었다.

당시의 강서준에겐 쓸모없는 물건이라 여겨 대충 차원 서고 2층에 방치해 뒀었다.

'그 일을 빌미로 자아를 각성하게 되었다고?'

"내가 어쩌다 몬스터가 되었는지, 왜 전생을 하는지도…… 전부 다 알게 되었지."

그 말을 하는 제레브를 보면서, 강서준은 저도 모르게 허공을 살펴야만 했다.

혹시나 이 대화를 듣고 있을지도 모를 시스템이 걱정됐기 때문이다.

"괜찮아. 시스템은 알지 못해."

"……?"

"놈도 예전 같지 않거든."

그즈음엔 아래쪽에서 고대의 신수 오르카나가 쓰러지고, 사람들이 환호성을 내지르고 있었다.

"오르카나를 물리쳤다! 와아아아!"

가만히 시선을 아래로 깔던 제레브는 아련한 표정을 짓더니 강서준을 돌아보았다.

"아마 네가 내 무의식으로 들어오려 했던 건, '패러사이트' 때문이겠지?"

"……그래. 여기에 방법이 있을 테니까."

한편 강서준은 이 공간이 단순히 제레브의 무의식이 아니라는 걸 깨달을 수 있었다.

'반지의 제레브가 만든 곳.'

일전에 켈이 무의식 속에서 시스템의 눈을 피하기 위해 공간을 창조했듯.

반지의 제레브는 작은 공간을 생성하여 강서준을 이쪽으로 데려온 것이다.

제레브가 쓰게 웃으며 말했다.

"너무 무모한 짓이었어."

"……."

"이런 말 하긴 뭣하지만 지금의 난 꽤 강하거든."

확실히 오르카나를 상대로 전투를 벌이는 모습은 그가 알던 제레브가 아니다.

재앙의 탑은 '로그라이크' 형태로 이루어진 던전. 누구든 강해질 수 있고, A급의 수준도 상층으로 올라갈수록 당연히 S급으로 불리게 된다.

'한계는 있겠지만…….'

제레브는 강서준을 눈을 보았다.

"안 믿는 눈치로군. 그래. 넌 그럴 자격이 충분하지."

그러더니 혀를 차며 말했다.

"하지만 확실한 건 네가 내 무의식을 무너뜨린다고 패러사이트를 막을 수 있는 게 아니란 거야."

"뭐?"

"나 또한 패러사이트에 잡아먹힌 제물에 불과하니까."

그렇게 말하는 제레브의 얼굴은 꽤나 어두운 사연이 가득한 것처럼 우울했다.

깊은 그늘을 내리깐 그는 한숨을 푹 내쉬더니 입을 열었다.

"물론 내 구구절절한 사연 따위는 여기서 중요하지 않아. 네가 알아야 할 건 내 무의식을 망가트려 봤자, 녀석은 새로운 숙주를 찾을 뿐이란 거야. 내 말 알아듣겠나?"

강서준은 잠시 생각해 봤다.

'⋯⋯충분히 가능한 얘기다.'

패러사이트란 말 그대로 누군가의 몸을 숙주로 삼아 조종하는 기생충을 말한다.

그리고 제레브가 망가진다면 패러사이트의 입장에선 그저 다른 몸으로 갈아타면 될 일이었다.

"한마디로 정작 나조차도 녀석에게 조종당하고 있더란 얘기지."

하지만 이는 생각보다 패러사이트의 영향력은 상상을 초월한다는 걸 의미한다.

설마 제레브마저 종속된 것에 불과하다니.

이 모든 일의 주체는 '제레브'가 아니라, 아예 '패러사이트' 였다는 게 아닌가.

강서준은 혀를 내두르며 패러사이트가 재앙의 탑에서 벌인 대다수의 일들을 상기할 수 있었다.

상층의 몬스터가 중층으로, 중층의 몬스터가 하층으로도 내려가는 이례적인 일 또한 모두 제레브가 아닌 패러사이트의⋯⋯.

⋯⋯잠깐.

'이제야 알겠군. 패러사이트를 삼키는 게 왜 위기 감지를 발동시켰고, 제레브마저 속수무책으로 당해 버리고 말았는지.'

생각해 보니 간단한 문제였다.

"바이러스구나?"

밀트의 손을 거쳐 만들어졌고, 시스템을 역행하듯 재앙의 탑에 돌연변이를 만들 수 있는 괴물이다.

그렇다면 그게 바이러스 말고 또 있을까.

제레브는 강서준을 향해 말했다.

"다행히 처치할 방법은 있어. 내 본체를 없애면서 녀석도 동시에 베면 될 거야. 적어도 지금 내 몸을 장악한 패러사이트가 시작점이니까."

"……근데 내 추측이 사실이라면 정말 베는 것만으로도 패러사이트를 없애지 못할 것 같은데."

바이러스는 시스템 영역 밖에 있는 존재나 다름없다. 과연 플레이어의 역량으로 지운다는 게 가당키나 한 일일까.

백신…… 내지 관리자의 도움이 필요한 걸지도 모른다.

"가능할 거야. 너라면……."

"어떻게 확신하지?"

"넌 도깨비니까."

말없이 제레브의 얼굴을 바라봤지만 녀석은 더 말을 보탤 생각이 없는 듯했다.

대신 그는 시선을 돌려 새로운 공간으로 나아가는 과거의 기억을 살펴봤다.

다시 재생되는 기억 영상.

츠츠츠츳!

금세 주변 풍경은 꽤 우주를 한 공간에 모아 놓은 듯한 장소로 바뀌어 있었다.

그 중앙엔 빛으로 이루어진 길이 나 있고, '과거의 제레브'가 누군가와 함께 서 있었다.

그 앞으로는 긴 머리의 여자가 홀로 팔짱을 끼고 있었다.

반지의 제레브는 말했다.

"케이. 그거 알고 있나?"

"……뭘?"

"선택에는 대가가 필요해."

갑자기 꺼낸 말에 무슨 영문인지 몰라 잠시 그를 바라보고 있노라니 제레브는 한숨과 함께 입을 열었다.

"특히 잘못된 선택을 했을 경우엔 치러야 할 그 대가는 더더욱 참혹한 법이지."

"갑자기 무슨……."

"케이. 여기까지 온 김에 재밌는 걸 보여 주지. 패러사이트와는 무관해도 너에게 도움이 될 거야."

후회가 가득 담긴 시선은 새로 재생되는 눈앞의 기억으로 향하고 있었다.

기억은 재생됐다.

"이건 얘기가 다르잖아!"

억울한 듯 크게 솟은 목소리. 제레브는 곁에 선 아이를 뒤로 감추며 외쳤다.

"당신, 그게 말이 된다고 생각해? 제이미를 바치라니!"

"글쎄…… 왜 말이 안 되지?"

제레브의 앞에 선 여자는 정말 이해가 안 간다는 말투로 말을 이어 나갔다.

"원하는 걸 얻으려면 그만한 대가를 내놓아야지. 그게 정당한 거래 아니야?"

"……그런 개소리를!"

"너야말로 양심이 없는 거 아니니?"

성난 제레브의 말투에도 여자는 여전히 무표정한 얼굴로 입을 열었다.

"무려 세계를 되돌리는 일이야. 정말 아무런 희생도 없이 가능할 줄 알았어?"

그녀의 말을 듣는 제레브의 표정은 비탄에 빠진 듯 가라앉았다.

그리고 그런 그를 가장 슬프게 하는 건 뒤에선 그의 동생 '제이미'가 그녀의 말에 동조한다는 것이리라.

"오빠, 다 맞는 말이야."

"제이미!"

"난 괜찮아. 엄마랑 아빠를 되살릴 수만 있다면…… 난 어떻게 되어도 상관없어."

제레브는 차마 말을 꺼내지 못하고 그의 품을 벗어나려는 제이미의 얼굴을 바라봤다.

사실 그도 알고 있었다.

지금 제이미를 보내는 것이…… 세계를 되살리는 것만이.

오직 그에게 남은 선택이라는 걸.

제레브는 입술을 꽉 깨물었다.

"만약 제이미를 보내지 않는다면 어떻게 되는 거지?"

"아마 '너의 세계'는 사라지겠지?"

"보낸다면?"

"예정대로 세계는 재건될 거야. 아무 일도 없었던 그때로 돌아가겠지."

제레브는 고개를 가로저었다.

"아니, 제이미는 어떻게 되냐고 묻는 거다."

"무슨 뜻이지?"

"재건된 세계에서 제이미는 어떻게 되는 거지? 제이미도 돌아갈 수 있는 건가?"

아주 작은 희망을 품고 던진 질문. 하지만 여자의 대답은 생각보다 단호했다.

"그럴 리가. 데이터를 완전히 이전하는 일에 '백업 데이터'를 남겨 둘 리가 없잖아."

"……복사해 둔 세계라며? 그러면."

"주요 인물이 복사가 되겠니?"

제레브는 이를 까뜩 깨물었다.

정리하자면, 세계를 되살린들 그곳엔 제이미의 자리는 없을 거란 얘기다.

"걱정 마. 그 세계에선 아예 없는 사람으로 취급되도록 만들어 줄 테니까."

"……너 이 자식 그걸 말이라고."

분노를 불태우던 제레브는 그의 손에 포개진 아주 작은 감촉을 느낄 수 있었다.

어린 날, 트라우마에 휩싸여 스스로를 괴롭히던 시절. 그의 손을 따뜻하게 감싸 줬던 그때처럼.

제이미는 여전히 천사 같은 얼굴로 그를 바라보고 있었다.

"난 괜찮아."

"……제이미."

"정말 괜찮아. 그리고 이건 내가 해야 할 일이야. 나만이 할 수 있는 일……."

제레브는 생각했다.

'내가 나태하지 않았더라면.'

어린 시절부터 힘을 갈고닦아 그 실력이 일취월장했더라면…….

혹은 뱀 같은 귀족들의 감언이설에 쉽게 넘어가지만 않았더라면.

조금 더 빨리 정신을 차려서 가진 재능을 일찍 개화시킬 수만 있었더라면.

그랬더라면 멸망을 막았을까?

'적어도…… 제이미를 잃지 않아도 됐는지도 모른다.'

하지만 모두 지나간 과거였고, 후회였으며, 나태했던 왕이 맞이한 결말이다.

제레브는 멀어지는 제이미를 보면서 침음을 삼켰다. 마음만 먹는다면 쉽게 낚아챌 수 있으면서도 결코 움직이지 못했다.

'이게 옳은 거겠지…….'

또한, 제이미가 원하는 일이니까.

제레브는 겨우 목소리를 내었다.

"……제이미는 이제 어떻게 되지?"

"흠. 임무를 받게 될 거야."

"임무?"

"자세한 건 대외비고."

"……위험한 건 아니겠지?"

"글쎄? 어차피 잊을 일을 네가 더 알아 둬야 할 필요가 있을까?"

그를 떠나간 제이미는 다시 뒤돌아보진 않았다. 바들바들 떨고 있는 게 훤히 보이는데도 아이는 꾹 참고 정면으로 나아갈 뿐이었다.

제레브는 그 모습에 입술에 피가 나도록 깨물고 또 깨물어야 했다.

불현듯 여자가 제레브에게 말했다.

"뭐, 옛정이다 생각하고 알려 줄 조언이 하나 있는데……."

"?"

"제이미를 되돌릴 방법은 있어."

"뭐?"

"드림 사이드를 다시 한번 공략하는 거야. 그래서 여기에 다시 오른다면…… 또 다른 주요 인물을 네가 내줄 수만 있다면."

여자는 제이미를 데리고 그 공간을 벗어나며, 마치 여운을 남기듯 말을 흘렸다.

"어쩌면 제이미가 돌아올지도 모르지."

❈

기억을 내려다보며 반지의 제레브는 마치 똥이라도 씹은 것처럼 얼굴을 팍 구겼다.

"여전히 가증스럽군. 렉시."

"렉시?"

"저기에 선 여자의 이름이다. 내 채널의 관리자였지."

관리자 렉시.

마치 화룡처럼 붉은 머리카락이 인상적인 여자. 그녀가 냉소적인 눈으로 제이미를 데리고 공간을 벗어나면서 기억 영상이 마무리되고 있었다.

강서준은 한숨을 길게 내뱉고는 제레브를 향해 물었다.

"내가 잘못 본 게 아니라면 방금 그 장면…… 상층부의 이스터 에그야?"

"맞아. '선택의 기로'라 불리지."

제레브는 혀를 차면서 말을 이었다.

"너도 저곳으로 가게 된다면, 선택을 하게 될 거야. '너의 세계'를 구할 건지, '소중한 사람'을 지켜 낼 건지."

"……."

"조언하자면 이기적으로 생각해. 남을 위해 희생해 봤자 너에게 돌아오는 건 끝없는 절망뿐일 테니까."

그렇게 마왕이 되어 버린 제레브는 짙은 회한이 가득한 얼굴이었다.

그리고 강서준도 착잡한 심정이 되어 입술을 잘근 깨물어야만 했다. 대번에 머리가 복잡해진 것이다.

'지구를 재건하려면 기회비용이 필요하단 거잖아? 못해도 유리나든, 진백호든…… 시스템에게 제물로 바쳐야 한다니.'

단 한 명의 목숨을 희생하면, 수억의 목숨을 되살릴 수 있는 파격적인 조건.

어쩌면 합리적인 방식일 것이다.

그게 정말 옳다고 볼 수 있는지는 모르겠지만…….

"……."

제레브는 호흡을 길게 내뱉더니 이내 강서준의 앞으로 다가와 섰다. 그는 올곧은 목소리로 말을 이어 나갔다.

"렉시의 말은 거짓이다. 새로운 주요 인물을 바치면 제이미가 돌아올 거라고? 웃기지도 않아. 스스로 누군지도 모르면서 그런 말을 내뱉다니 말이야."

잠시 숨을 돌린 제레브는 생각지도 못한 폭탄선언을 던지기에 이르렀다.

"관리자가 곧 주요 인물이다."

"……뭐?"

"이곳에서 선택된 주요 인물은 시스템에 의해 모종의 장소로 이동되지. 그리고 특별한 임무를 부여받게 되어 있어."

터무니없는 말이 이어지는 동안에, 슬슬 주변 풍경이 조금씩 뭉개지는 게 보였다.

반지의 제레브의 모습도 조금씩 투명해지는 게 단순한 착각은 아닐 것이다.

바로 알 수 있었다.

'누군가가 이곳에 개입하고 있어.'

반지의 제레브가 만든 이 공간을 부수기 위해서, 누군가가 연신 공격을 해 대고 있었다.

누구지?

누구한테 이런 공격을 받는 거야?

본체가 '두 번째 자아'를 눈치챈 걸까?

제레브는 개의치 않고 말했다.

"특별한 임무에서 실패한 자들. 즉 '실패한 주요 인물'에겐 새로운 임무가 부여된다. 그게 바로……."

"……관리자."

맥락을 파악한 강서준이 제레브의 말을 가로챘다.

말하자면 '렉시'란 관리자도 사실 언젠가 바쳐졌을 '주요 인물'인 것이다.

현재 지구를 관리하는 '샛별' 또한 과거엔 특정 채널의 플레이어였단 얘기고.

'아이크도…….'

새삼스럽지만 0114 채널에서 아이크가 왜 시스템에 반목되는 행동을 했는지 이해할 수 있었다.

어쩌면 그는 '과거의 기억'을…… 그러니까 '플레이어였던 기억'을 되찾은 걸지도 모른다.

제레브는 약간 살기를 띠며 말했다.

"그렇게 관리자가 된 주요 인물은 세계를 운영한다. 만약 그들의 세계에서 새로운 주요 인물을 데려온다면…… 그들은 다시 새로운 임무에 도전할 기회를 얻는다고 생각하고 있지."

제레브는 자조적으로 웃었다.

"그걸 아주 영광인 것처럼 말이야."

그의 시선은 한쪽의 균열로 향했다. 눈빛만으로 죽일 수 있다면 사람 여럿 죽였을 것만 같을 정도로 강렬한 살기.

"이 모든 게 시스템의 농간이야. 우린 모두 속고 있는 거라고."

제레브는 서늘한 목소리로 말했다.

"과거에 대한 미련은 버려라. 세계를 재건하겠다고? 그딴 건 생각도 하지 마. 케이, 넌 이 게임을 공략해야 한다."

제레브는 강서준을 향해 손을 뻗었다. 그로부터 미증유의 힘이 밀려 나오더니 강서준을 어딘가로 밀어내기 시작했다.

곧 제레브의 정중한 말투가 뒤를 따라왔다.

"부탁한다. 부디 이번에도 잘못된 선택을 반복하려는 '어리석은 나'를 죽여 줘. ……너라면 할 수 있을 거다."

['드림 키퍼'에 의해, 당신의 방출이 결정되었습니다.]

[스킬, '인 투 더 드림(E)'을 해제합니다.]

<hr />

이후로 일주일이 지났다.

현재 위치는 53층.

상층으로 올라가기 위한 공략 속도를 올리고자 최대한의

노력을 선보인 성과.

실망스럽지만 이게 한계였다.

'……상층의 몬스터만 없었더라면 아마 지금쯤 55층은 올라갔겠는데.'

이곳이 중층임에도 버젓이 나타난 상층의 몬스터를 공략해야만 했던 것이다.

안 그래도 리카온 제국인의 늘어난 숫자 때문에 공략에 차질이 생겨나고 있었는데.

상층 몬스터라는 골칫덩이 또한 눈덩이처럼 불어나 그들의 발목을 붙드는 꼴이었다.

'그나마 적들의 동태를 살필 수 있어 다행이지. 이것도 없었으면 정말…….'

전처럼 개입해서 끊어져 버린 킨 멜리가 아니더라도, 감염된 리카온 제국인은 남아 있었다.

즉 무의식을 들여다볼 수 있는 강서준은 언제 어디서든 '패러사이트'의 동태를 살필 수 있다는 것이다.

강서준은 일행을 향해 말했다.

"녀석들은 아직 58층에 멈춰 있어요. 지금이 기회입니다. 하루빨리 따라잡아야 해요."

1차 원정대를 비롯하여, 패러사이트의 원흉인 컴퍼니는 공교롭게도 아직 58층이다.

어떻게 일주일이 지났는데도 그들은 아직 59층으로 올라가지도 못한 걸까?

이유는 단순했다.

'아이템 파밍이 안 되니…….'

보아하니 58층의 퀘스트는 특정 아이템을 수집해서, 신전의 제물로 바치는 것이다.

그래야만 59층으로 올라가는 계단이 생성되고, 58층으로의 탈출이 가능하다.

근데 1차 원정대의 일행들이 전력을 다해 그 퀘스트를 방해해 온 것이다.

'누구보다 먼저 아이템을 선점하여 아예 바칠 제물 자체가 없도록.'

그렇게 58층의 지체는 일주일이나 길어지는 기적 같은 결과를 만들어 낸 것이다.

'하지만 그조차 금방이야.'

불과 하루 전, 녀석들의 시야를 훔쳐보던 와중에 놈들이 결국 새로운 단서를 찾아냈다는 걸 알았다.

58층의 비밀 함정…… '점핑'의 위치가 숨겨진 곳을 드디어 발견한 것.

'거길 통하면 놈들은 바로 고대의 신수와 싸우는 60층으로 올라가게 돼. 그땐 너무 늦을 거야.'

현재 그들과 함께하는 존재 중에는 '제레브'도 있었다.

재앙의 탑을 58층까지 오른 제레브라면, 고대의 신수를 상대로도 충분히 잘 싸워 낼 터.

상층으로의 돌파는 일도 아니다.

강서준은 자신을 바라보는 일행을 쭉 둘러보았다.

안셴이나 유리나, 연희연.

그리고 리카온 제국인들…….

"그래서 말입니다. 오늘부터는 치트키를 좀 쓰려고 해요."

"……치트키 말입니까?"

"합법 치트키라 합시다. 합법."

무슨 말인지 이해하지 못하는 눈치였지만 다들 그러려니 넘기고 있었다.

강서준이 상식 밖의 말과 행동을 벌이는 건 이번이 처음이 아니었으니까.

쥬톤은 오히려 흥미가 가득한 눈으로 강서준을 쳐다보고 있었다.

"또 재밌는 계획을 꾸미는군?"

"그래. 성공하면 너도 맛있는 거 많이 먹을 수 있을 거야."

"호오!"

상층엔 녀석이 좋아할 법한 식사가 가득하다. 또한 강해진 컴퍼니원들은 아주 훌륭한 먹이라 할 법했다.

강서준은 씨익 웃으며 말했다.

"다들 정신 꽉 붙들어요. 철야를 해서라도 오늘 안에 58층 으로 올라갈 겁니다."

"……그게 가능해요?"

리오 리카온의 짧은 의문이 뒤따랐고, 강서준은 어깨를 으쓱이며 답했다.

"네. 저라면 가능해요."

['차원 서고'가 복구되었습니다.]

['차원 서고'를 이용할 수 있습니다.]

재앙의 탑에서의 가속된 시간. 그로 인해 차원 서고의 복구가 오늘로 앞당겨지고 말았으니까.

58층

　순식간에 모든 걸 얼려 버릴 정도로 잔인한 눈폭풍이 휘몰아치는 한 산맥.

　강서준은 뜨거운 불덩어리가 담긴 주전자를 품에 안고 껑충껑충 암벽을 오르고 있었다.

　바닥에서 두더지처럼 고개를 내민 '태고의 얼음정령'을 디딤돌 삼아 밟는 강서준을 향해 안센이 대뜸 입을 열었다.

　"전 당신에 대해 다 아는 줄 알았습니다."

　"네?"

　"새삼스럽지만 강서준 님. 당신이란 존재를 여태 반의반도 몰랐던 것 같다는 생각이 드는군요."

　안센의 눈빛엔 언뜻 경외심이 담겨 있었다. 그리고 그 눈빛은 비단 안센에게만 국한된 게 아니었다.

뒤를 따르는 플레이어들. 심지어 리오 리카온마저 놀라움을 감추질 못하는 시선이다.

그들이 대관절 왜 그런 눈빛을 보내는지는, 들려온 안센의 말을 통해 바로 알았다.

"퀘스트가 아니라 층 자체를 공략한다니…… 아마 드림 사이드 1에서도 종종 이런 공략을 해 왔던 거겠죠."

"뭐, 그랬죠."

"미쳤군요. 그땐 아무리 목숨이 세 개라고 해도 그렇지……."

일반적으로 재앙의 탑을 공략하는 방법은 크게 두 가지로 나눌 수 있을 것이다.

던전에서 쥐여 주는 퀘스트를 공략하는 것과, 점핑 함정을 밟아 층수를 올리는 것.

전자는 공략 시간이 오래 걸리는 대신 보상이 있고, 후자는 공략 시간이 짧아지지만 보상을 패스해야만 한다.

'하지만 여기서 만약 보상을 받으면서 더 빠르게 던전을 공략할 방법이 있다면?'

강서준은 쓰게 웃으며 어깨를 으쓱했다. 그가 생각하기에도 이 방법은 터무니없었기 때문이다.

'너무 위험하니까.'

강서준은 어깨를 으쓱이며 얼음 알갱이를 헤치고 앞으로

나아갔다.

곧 눈폭풍의 근원에 다다를 터였고, 이곳으로 '화염의 정수'를 쏟아붓는 걸로 이번 층의 마지막 공략을 완성한다.

['냉기의 정수'에 '화염의 정수'를 쏟았습니다!]

쿠구구구구궁!

커다란 설산이 통째로 움직이고 서서히 눈앞으로 눈폭풍이 한자리에 뭉치기 시작했다.

S급 몬스터 설악(雪惡)!

폭풍의 중심에 선 한 마리의 아주 작은 요정은 쉽게 무시할 수 없는 거력을 품고 있었다.

-네놈이냐? 감히 내 땅에 더러운 불덩어리를 들고 온 미친놈이……!

천안에서 봤던 얼음정령 따위는 우습게 보일 정도로 휘몰아치는 혹한의 추위.

그럴 법했다.

설악은 순간적으로 끌어 올릴 수 있는 힘은 태고의 정령왕과 맞먹는 존재.

아마 저놈의 순간 화력은 S급 던전의 보스급이라고 해도 무방했다.

'그러니 히든 퀘스트겠지.'

재앙의 탑을 공략하는 세 번째 방법. 말하자면, 시스템이 쥐여 주는 퀘스트가 아니라 히든 퀘스트를 찾아내어 공략하는 것.

강서준이 57층 설산의 꼭대기에 올라 그 근원으로 '화염의 정수'를 뿌린 것도 전부 이 때문이었다.

[히든 퀘스트 '흐트러진 정원'을 발견했습니다!]

['설악'을 처치하시오.]

강서준은 작은 요정이 하늘을 향해 손을 내뻗는 걸 볼 수 있었다.

그곳으로부터 집채만 한 고드름이 생성됐고, 이내 회전력을 갖추어 강서준에게 겨냥됐다.

콰아아아앙!

그나마 켈이 앞서 '정령화'로 고드름의 방향을 꺾어 다행이지, 정면으로 맞았으면 골로 갔을지도 모를 일격이었다.

쩌저저적!

실제로 저 멀리 날아간 고드름이 꽂힌 바위가 통째로 얼음 덩어리로 변해 있었다.

"으으…… 강서준 님! 더는 못 버팁니다!"

한쪽에서 겨우 기관 장치를 꺼내어 버티던 안센과, 이에 마력을 보충하던 유리나가 덜덜 떨면서 외쳤다.

마찬가지로 리카온 제국인들도 저마다 방식으로 냉기에
저항했지만 오래 버티긴 힘들었다.

['재앙의 냉기'에 중독되었습니다.]
['영혼'이 얼어붙습니다!]

이는 강서준조차 버티기 힘든 극한의 냉기였으니까.
"조금만 버텨요. 기회는 금방 오니까!"
그렇게 말한 지 얼마나 되었을까?
여태 기다리던 설악이 잠시 기운을 거두고 호흡을 가다듬
는 '찰나의 순간'이 찾아왔다.
'지금!'
강서준은 곧바로 주머니에 넣어 뒀던 하나의 스크롤을 꺼
내어 놈을 향해 찢어 버렸다.

['염악(炎惡)'을 소환합니다!]

지옥의 불을 가진 염악!
화르르르륵!
이 녀석은 55층 히든 퀘스트의 주역이자, 이번 층에 올라
오자마자 내심 쾌재를 부를 수밖에 없는 강서준의 히든카드
였다.

-끄아아악!

강서준은 타오르는 보랏빛 불꽃에 의해 순식간에 주변의 냉기가 녹아내리는 걸 확인했다.

그리고 '설악'의 극상성 몬스터인 '염악'이 지옥의 불덩어리를 내뿜으며 설악에게 달려들었다.

-이, 이 힘으으은!

-키아아악!

문제는 한순간 휘몰아친 불꽃은 설악의 몸통에 커다란 대미지만을 입히고 사라졌다는 것이다.

안타깝게도 염악을 소환한 스크롤은 일회성 아이템이었다.

한 번 스킬을 발동하면 사라지는 특징이 있어, 설악 그 자체를 쓰러트리기란 무리가 있었다.

'뭐…… 그걸로 충분하지만.'

눈을 번뜩인 강서준은 어느덧 설악의 정면에 다다른 상태였다.

그의 오른손엔 안센에 의해 한층 강력하게 개량된 그랑의 어금니 단검이, 화르륵 강렬한 불꽃을 머금고 있었다.

또한 공교롭게도 그 불꽃은 염악이 남기고 간 열기를 모조리 흡수해 더더욱 큰 화염을 일으켰다.

[장비, '그랑의 어금니 단검'의 전용 스킬, '그랑의 화마'를 발동합니

대!]

잡고 있는 것만으로도 살이 익을 것만 같은 열기는, 그대로 설악의 몸에 꽂혀 들어갔다.

녀석이 비명을 질러 댔지만 쉽게 녀석을 놓아줄 생각은 없었다.

[스킬, '이기어검술(S+)'을 발동합니다.]

여태 쌓아 올린 보상으로 강화된 이기어검술은 몬스터의 신체조차 휘어잡을 완력이 있었다.

-크아아악! 이, 이리 허무하게…… 으아악!

놈이 바둥거렸지만 다가올 최후를 막기엔 무리였다.

강서준은 머뭇거리지 않고 놈을 송두리째 불태울 마지막 일격도 준비하고 있었으니까.

[스킬, '뇌신(L)'을 발동합니다.]

염악의 불꽃, 그랑의 화마…… 이어진 뇌신의 전격까지 가미된 상황이다.

제아무리 놈이라 해도 버틸 순 없다.

-끄으으…….

강서준은 서서히 빛을 잃어 가는 놈의 눈동자를 내려다보며 승리를 확신할 수 있었다.

[흐트러진 정원을 복구했습니다.]
[히든 퀘스트를 성공적으로 완료했습니다.]
['58층'이 개방됩니다.]

강서준은 바로 생성되는 계단을 응시하며 겨우 긴 숨을 토해 냈다.

다른 일행들도 서서히 안정되어 가는 풍경을 둘러보며 몸을 뒤덮은 온갖 옷가지를 슬슬 내려놨다.

설산의 눈이 조금씩 녹고 있었다.

가만히 계단을 응시하던 송명이 믿을 수 없다는 얼굴로 중얼거린 건 그즈음일 것이다.

"정말 하루 만에 58층에 올라가게 될 줄이야······."

다들 말은 하진 않았지만 비슷한 심정으로 강서준을 바라보고 있었다. 솔직히 말이 안 되는 일이었다.

온갖 퀘스트로 인해 플레이어를 괴롭히기로 유명한 재앙의 탑을····· 고작 하루 만에 5개 층을 돌파해 버린다고?

켈조차 고개를 절레절레 저었다.

"당신은 정말 미쳤어. 미치지 않고서야 이런 짓은 못 하지."

라이칸이 쌍심지를 켰지만 켈은 신경도 쓰질 않았다. 그리고 강서준도 거기에 대해 딱히 뭐라 할 생각은 없었다.

'미친 짓이 맞으니까.'

5연속 히든 퀘스트 공략!

이는 다섯 번이나 목숨을 걸고 층의 중심을 무너뜨리겠다는 각오를 해야만 가능한 짓이다.

종전에 해치운 '설악', 이전에 해치운 '염악', '고리고도스', '미르니아'…… 이름도 다양한 괴물들을 쓰러트려야만 가능한 일.

놈들 하나하나가 아마 상층 몬스터에 비견될 정도로 막강한 힘을 갖고 있었다.

강서준은 혀를 찼다.

'하지만 어쩌겠어.'

재앙의 탑에서 쥐여 주는 퀘스트는 세 갈래 길이 있었다.

수집, 수색, 그리고 처치.

대개 여기서 수색이나 처치는 어렵지 않은 편이다.

수색이야 아군이 많으면 유리했고, 처치는 어쨌든 몬스터를 많이 때려잡으면 될 일이었다.

'문제는 수집에 있어.'

100명의 플레이어라면 도합 100개의 희귀템을 찾아야만 하는 특수 퀘스트.

이건 58층의 컴퍼니가 일주일을 넘도록 그 층에 머무는 이유가 아닌가.

어렵지 않더라도 반드시 시간이 걸릴 수밖에 없는 미션이었다.

1분 1초가 아쉬운 시점에 결코 수락해선 안 될 퀘스트라 할 수 있겠다.

'그러니 이 모든 걸 무시하고 돌파하는 퀘스트를 깨는 수밖에 없잖아.'

그게 바로 '히든 퀘스트'였다.

위험만 감수한다면 100명이든 1,000명이든…… 그 층에 있는 모든 인원을 돌파시킬 수 있는 유일무이한 공략법.

물론 해당 층의 히든 퀘스트를 발견해야 하는 만큼의 상세한 정보가 필요한 일이었다.

'차원 서고가 없었다면 시도조차 못 했을 방법이야.'

강서준은 쓰게 웃으며 지친 일행을 쭉 돌아보았다. 다들 진이 쫙 빠진 표정이었지만 이내 몸을 추스르고 다시 일어서고 있었다.

"미안하지만 휴식은 모든 일을 마친 뒤에 하도록 하죠. 우리에겐 여유가 없어요."

"물론입니다. 저희는 괜찮아요. 오히려 강서준 님이 걱정이죠."

"저야 뭐……."

여기까지 올라오는 동안 모든 전투는 그가 감당했지만 딱히 지친다는 느낌은 없었다.

그도 그럴 게……

'보상이 짭짤하니까.'

히든 퀘스트처럼 위험을 감수한 보상은 가장 기여도가 높은 사람에게만 돌아가는 독식 혜택이 있었다.

즉 강서준은 다섯 번을 내리 아주 특별한 혜택을 얻어 무궁무진하게 강해지는 중이다.

'잠깐의 피로 정도야……'

강서준은 씨익 웃으며 말했다.

"그럼 바로 이동하죠."

결국 휴식도 없이 계단을 오른 일행은 목적지였던 58층에 도달할 수 있었다.

<hr>

그 시각, 최하나는 입에 단내가 나도록 앞으로 내달리고 있었다.

'잠깐이라도 멈추면 끝이다.'

쿠구구궁!

리트리하가 휘두르는 대검은 닿는 걸 모조리 파괴했고, 수시로 앞을 가로막는 마일리의 저주는 닿기만 해도 몸을 썩게 한다.

'그뿐이면 다행이지.'

최하나는 날아오는 총알과 화살의 궤적도 살펴 더욱 빠르게 몸을 움직여야 했다.

그저 리트리하와 마일리의 공격만을 피하는 게 아니다. 수많은 컴퍼니의 조직망도 피해 도망쳐야만 했다.

'아주 작정을 하고 나섰어.'

컴퍼니 놈들이 드디어 칼을 빼어 든 걸까? 최하나 하나를 죽이겠다고 온갖 수작을 부리는 게 정말 심상치 않았다.

제아무리 그녀라고 해도 쉽게 버티기 어려운 순간들이 연신 다가왔다.

'김훈 씨는…… 괜찮을까?'

부득이하게 갈라져 흩어진 김훈의 생사를 걱정하던 최하나는 돌연 들려온 소리에 몸을 앞으로 던졌다.

"피해요!"

쿠우우웅!

리트리하가 내리찍은 대검이 바닥을 가격하여 커다란 크레이터를 만들었다.

어쩔 수 없이 번 블러드까지 발동하여 공격을 회피한 최하나는, 허공을 선회하며 가까운 나무 위로 올라섰다.

'어쩌다 이렇게 된 걸까.'

어두운 밤이 주 무대인 58층이라고 해도 '매의 눈'을 가진 그녀에게 어둠은 장애가 되질 않는다.

최하나는 이곳에서 그다지 멀지 않은 위치에서 전투를 펼치는 나도석을 확인했다.

그의 앞으로는 불과 얼마 전까지만 하더라도 함께 움직이던 링링이 있었다.

'링링마저 당할 줄이야.'

최하나는 호흡을 가다듬으며 다가오는 궤적을 피해 나무를 박차고 뛰었다.

동시에 방아쇠를 당겨 먼 곳에서 그녀를 저격하던 두 명의 심장을 노릴 수 있었다.

번 블러드를 발동한 뒤라, 충분히 가능한 기예였다.

[장비 '마탄의 리볼버'의 전용 스킬, '번 블러드'를 해제합니다!]

하지만 최하나는 이내 스킬을 해제하며 강화됐던 몸을 원래대로 돌려놨다.

어쩔 수 없었다.

58층은 공간이동은 물론, 체력 회복 스킬에도 심대한 영향을 주는 곳.

피를 불태워 신체를 강화하는 스킬인 '번 블러드'는 이곳에선 쥐약 같은 기술이다.

"……후우."

최하나는 바닥에 착지한 것과 동시에 휘둘러지는 대검을

피해서 백덤블링을 이었다.

창졸간에 마탄도 발사하여 리트리하의 다리 관절을 노렸지만, 역시 그 궤적엔 이미 대검이 방어를 목적으로 기다리고 있었다.

'전투 센스 하나는 정말…….'

가히 랭킹 2위라 불리고, 자타공인 강서준의 라이벌로 꼽히는 플레이어. 리트리하는 예나 지금이 세상에서 가장 단단한 랭커였다.

투타타탕!

최하나는 혀를 차며 총을 난사하기로 했다.

쏘아진 마탄이 주변 바닥에 닿아 펑펑 터지고, 연기가 자욱하게 생겨났다.

제아무리 그녀라고 해도 리트리하와 마일리를 동시에 상대할 자신은 없었다.

'일단 자리부터 피해야…….'

하지만 연기 속에 숨은 그녀를 향해 적의 공격은 똑바로 꽂혀 오고 있었다.

쇄애애액!

창졸간에 날아온 공격을 피해 몸을 비튼 최하나는, 오장육보가 뒤틀리는 감각에 미간을 팍 찡그렸다.

또한 모골이 송연해졌다.

'큰일 날 뻔했어.'

본능적으로 몸을 비틀어 피하지 않았더라면 심장이 꿰뚫릴 만한 공격.

아무래도 공격을 당하기 직전까지 알아차리질 못한 걸 보면, 확실히 그녀의 체력이 많이 떨어지긴 한 모양이었다.

'젠장…… 너무 많아.'

최하나는 매의 눈으로 주변을 살피며 거칠게 숨을 뱉어 냈다.

저격수는 호흡이 특히 중요하다. 숨 관리를 잘못하면 총구가 흔들린다.

하지만 그런 것 따위 신경 쓸 여유가 어디에 있단 말인가.

벌써 4시간째 쫓기는 중이다.

'버틸 수 있을까……?'

당연한 의문이 그녀를 흔들었지만 애써 버티어 서서 약해지려는 마음을 무시했다.

버티질 못한다면 죽을 뿐이다.

여기서 죽으면 개죽음이나 다름없으니, 이딴 고민을 할 바에는 더더욱 기운을 차려야 한다.

'내가 여기서 죽으려고 여태 그 고생을 한 게 아니야.'

비록 동료를 잃고, 힘을 잃어 절체절명의 상황에 빠진다고 하더라도.

그녀는 악착같이 살아남을 것이다.

'포기하지 않아. 절대로.'

주문처럼 생각을 반복하고 애써 근육을 당겼다.

게다가 강서준이 올라오고 있다는 사실을 알고 있지 않은가.

'버티면 돼. 그러면, 그러면⋯⋯.'

하지만 가까이 리트리하가 들소처럼 달려들며 매서운 검격을 휘두르고 있었다.

"최하나 씨! 위험합니다!"

최하나는 힘껏 바닥을 박차고 공중을 선회했다. 당장 리트리하의 돌격은 그걸로 피할 수 있었다.

그러나 그녀를 공격하는 이만 수십 명이었고, 허공에도 그녀를 따라붙는 공격만 수십 개였다.

아직 해결된 문제는 하나도 없다.

투타타탕!

빙글 돌면서 쏘아 낸 마탄으로 그녀를 향해 날아오던 온갖 화살과 마법을 반쯤은 격추시킬 수 있었다.

'아직⋯⋯ 버틸 수 있어.'

이를 악물고 다시 바닥에 착지한 그녀는 빠르게 나무 사이를 누비고 나아갔다.

'살아남을 거야.'

반드시.

58층.

컴퍼니를 비롯하여 1차 원정대 전원이 일주일을 체류하고 있는 곳.

말하자면 전면전을 각오해야 하는 가장 위험한 층이라 할 수 있을 것이다.

['58층'에 진입했습니다.]

[시스템에 의해, 제약이 생겨납니다.]

['이동'을 제한합니다.]

['회복'을 제한합니다.]

[해당 효과는 '58층'을 벗어날 때까지 유지됩니다.]

강서준은 이후로도 올라오는 57층의 보상 메시지들은 대충 훑고 치워 버렸다.

달빛마저 어두운 숲 너머로 연신 폭음이 들리고 층 전체는 지진이라도 난 것처럼 흔들리고 있었다.

"……바로 이동하죠."

일행을 데리고 발걸음을 재촉했다. 폭음을 이정표 삼아 움직이니 길을 잃을 걱정은 없었다.

게다가 주기적으로 홀로그램이 하늘에 나타나 그들의 위

치를 알려 줬다.

목적지까지 얼마 남지 않았다.

'늦지 않아야 할 텐데…….'

조바심이 앞서고 그 뒤를 빠르게 따라가다 보니, 어느덧 전투의 중심에 다다랐다.

싸움이 어찌나 거칠었는지 주변의 나무나 수풀이 모조리 파괴된 현장.

강서준은 그곳에서 들려오는 목소리에 귀를 기울였다.

"……정신 안 차리냐? 왜 너까지 그 모양이야?"

"누가 이러고 싶어서 이래?"

"근성이 부족한 거야. 왜 대가리는 멀쩡한데 몸을 조종하질 못하는 거야? 바보야?"

터프하게 내지르는 음성과 날카롭게 쏘아지는 음성.

강서준은 바로 알았다.

'나도석이랑 링링이잖아?'

링링이 말했다.

"말하는 꼬락서니는…… 대가리가 뭐니? 대가리가."

"지금 그딴 게 중요하냐?"

쿠콰카카카카캉!

현장에 도착한 강서준은 연신 폭풍에 둘러싸여 애써 버티어 선 나도석을 확인했다.

그 앞으로 링링이 혀를 차며 지팡이를 휘두르고, 그럴 때마다 커다란 바윗덩어리가 나도석을 덮치고 있었다.

'……링링도 당했었지.'

불과 얼마 전까지만 해도 멀쩡하던 그녀는 이젠 적들의 앞잡이가 되어 무서운 마법을 휘두르고 있었다.

솔직히 적이 되어 버린 링링은 실로 오금이 저릴 정도로 막강한 느낌이 들었다.

이미 지구 유일의 대마법사였던 그녀는, 재앙의 탑을 돌파하면서 누구보다 강해지지 않았는가.

어지간한 용조차 그녀에게 깜냥이 안 될 정도로 현재의 링링은 무시무시했다.

쿠우우웅!

그나마 다행인 건 그 상대가 '나도석'이란 것이다.

그는 다가온 불꽃마저 그대로 주먹으로 맞받아치는 기염을 토했다.

그의 몸을 휘감은 각종 디버프 마법부터, 중력장이 짓눌러대는 끔찍한 순간까지.

기합 몇 번이면 털어 냈다.

"으랴으랴으랴으랴!"

전신이 넝마가 될지언정 결코 쓰러지지 않는다.

심신합일이 극에 다다른 나도석은 등 뒤로 어느덧 스스로의 형상마저 띄우고 있었다.

"이까짓 거……!"

그중 강서준이 가장 놀란 건, 현재 나도석 또한 '패러사이트'에 감염된 상태란 것이다.

'바이러스를, 의지로 이겨 냈어.'

링링조차 당하고야 말았던 바이러스를…… 그는 의지만으로 버텨 내고 있었다.

참으로 나도석다운 결과였다.

링링은 입꼬리를 올려 웃었다.

"그 기세야. 얼른 날 기절시켜."

"뭐?"

"너라면 할 수 있잖아. 자!"

링링은 살기 가득한 마법을 쏘아 내면서, 말로는 나도석을 열심히 응원했다.

그게 참 뭐랄까.

'우스꽝스러운 연극 같아.'

이것만 보더라도 '패러사이트'가 얼마나 무시무시한 바이러스인지 알 법했다.

나도석은 콧방귀를 뀌었다.

"당연한 소리를 또 하지 말라고!"

쿠우우우웅!

그의 주먹이 기어코 링링의 복부에 그대로 박혀 들어갔다.

자비 따위는 개나 줘 버린 그 일격에 링링은 검은 피를 토해 내며 멀찍이 튕겨 나가고 말았다.

"흐읍…… 살살 좀 치면 안 돼?"

"뭐?"

"사람이 적당히를 몰라, 적당히를!"

그럼에도 링링은 쓰러지지 않고 다시 마법을 조형해 냈다.

두 사람의 전투는 산을 깎아 버릴 기세로 이어졌다.

누구 하나 다치거나 죽더라도 이상하지 않은 수준의 싸움.

하지만 강서준은 쿨하게 고개를 돌렸다.

'괜찮겠지.'

나도석이라면 제아무리 상대가 링링이더라도 오래 버틸 거란 확신이 있었다.

아니, 적어도 지진 않겠지.

'나도석이니까.'

그보다 강서준이 신경 써야 할 쪽은 따로 있었다.

멀지 않은 곳에서 연신 터져 나오는 폭발.

세 개의 흐름이 거칠게 맞부딪치는 현장이 이곳에서 그다지 멀지 않았다.

'최하나 씨와 리트리하, 마일리.'

거두절미하고 그곳으로 이동한 강서준은 자욱한 연기 속에서 힘겹게 전투를 펼치는 최하나를 발견할 수 있었다.

쿠콰아아아아앙!

그녀는 말 그대로 사력을 다해 푸른 불꽃을 쏘아 내고, 일대를 초토화시키는 중이었다.

'……얼마 못 버티겠는데.'

당장 우세한 것처럼 보여도 최하나의 마탄은 점차 그 기세가 줄어들고 있었다.

제아무리 영혼을 불태우는 기술이라 해도 그 한계는 있는 법.

무엇보다 이곳은 이동이나 회복이 제한되는 특수한 층이었다.

그녀는 아킬레스건을 짓밟힌 채로 싸우고 있다고 해도 과언이 아니었다.

콰아아아앙!

이내 리트리하의 방패에 두드려 맞은 최하나가 형편없이 바닥을 나뒹굴었다.

"미안합니다! 정말 미안해요!"

죄송하단 말을 입에 달고서 휘두르는 살기 가득한 공격들.

이쪽도 정상적이지 않기로는 만만치 않아 왠지 헛웃음이 먼저 나왔다.

그때, 리트리하가 외쳤다.

"피해요! 최하나 씨!"

쿠우우우웅!

그 말이 끝나기도 전에 이미 리트리하는 그의 전용 무기인 대검을 꽉 쥐고 있었다.

공간을 접듯이 달려듯 그의 대검은 제멋대로 최하나의 목을 노리고 휘둘러졌다.

"아, 안 돼애애……!"

리트리하의 비명이 울리고.

채애애앵!

날카로운 금속음과 함께 충격파가 생겨났다. 리트리하는 멀리 튕겨 나가더니 이쪽을 바라보며 간절한 목소리로 말했다.

"괘, 괜찮으십니까!"

그리고 그 질문에 최하나는 쉽게 답할 수 없었다. 그녀는 앞을 가로막은 강서준의 등을 올려다보고 있었기 때문이다.

"……강서준 씨?"

"미안해요. 내가 너무 늦었죠?"

그가 손을 내밀자, 저도 모르게 붙잡은 최하나가 몸을 일으킬 수 있었다.

충격파로 일어났던 먼지가 걷어지고, 이쪽을 보던 리트리하가 환호성을 터뜨렸다.

"이거지! 이거지!"

"……리트리하."

"드디어 오셨군요! 강서준 님!"

그리고 반갑게 환호하는 얼굴로 그는 다시 대검을 휘두르며 접근해 왔다.

이번엔 멀찍이 떨어져 있던 마일리도 전면으로 나섰다.

그녀 또한 반갑다는 얼굴로 일단 손을 내밀어 저주부터 퍼부어 대기 시작했다.

"왜 이렇게 오래 걸렸어요?"

[플레이어 '마일리 그레이스'가 '새벽의 저주(S)'를 발동합니다.]

다만 이 스킬은 창졸간에 날아온 다른 빛줄기로 상쇄시킬 수 있었다.

[플레이어 '연희연'이 '새벽의 고요(S)'를 발동합니다.]

리카온 제국인부터 강서준의 일행이 속속 모습을 드러냈다. 근방을 뒤덮던 컴퍼니원을 상대로 전투도 벌어졌다.

쥬톤이 돌연 거대한 샤벨 타이거로 변신했고, 안센은 직접 만득 폭탄으로 일대를 불태웠다.

백귀들도 가만히 있질 않고 곳곳으로 흩어져 전쟁을 이어 나갔다.

영혼 부대가 산악을 장악하자 오히려 컴퍼니원들이 곳곳에 고립되기도 했다.

강서준은 옆을 돌아보며 말했다.

"움직일 수 있죠?"

"……물론이죠."

고개를 끄덕인 최하나는 잔뜩 지친 얼굴이었지만, 강서준은 신경 쓰지 않기로 했다.

그녀가 그렇다면 그런 것이기에.

그리고 두 사람은 동시에 앞으로 내달렸다. 리트리하가 대검을 찍는 사이 최하나는 측면으로 파고들 수 있었다.

쿠아아아앙!

내리찍은 정면으로 강서준이 충돌했고, 최하나의 마탄은 그 무릎을 관통했다.

'부족해.'

하지만 예상대로 관통 이후에도 리트리하의 움직임은 크게 변함이 없었다.

신체의 조종간을 빼앗긴 그였다. 몸이 망가지더라도 억지로 움직이면 될 일.

하물며 날개를 뽑아 날아다닐 수 있는 그에겐 무릎 하나쯤은 어드밴티지도 못 된다.

강서준은 입술을 짓씹었다.

'방법은 하나야.'

리트리하의 몸이 부서지더라도 움직이게 되어 있다면……
남은 건 '절단'뿐이다.

적어도 대검을 쥔 손목을 자르고, 방패를 쥘 손목을 잘라낸다면 어떨까.

'나중에 마일리에게 붙여 달라고 하면 돼.'

순식간에 무책임한 결론에 도달했고.

[스킬, '집중(S)'을 발동합니다.]

코앞에 접근한 리트리하와 시선이 마주쳤다.

리트리하는 올곧은 눈으로 말했다.

"괜찮습니다. 뭐든 당신의 생각대로 하세요."

"……그래요. 죽진 않을 겁니다."

그리 말한 강서준은 눈을 번뜩이며 재앙의 유성검과 그랑의 어금니 단검을 꽉 쥐었다.

자르는 동시에 화룡의 불꽃으로 피부 조직을 태워 버린다면 깔끔하게 출혈도 막을 수 있다.

"……갑니다!"

"네!"

말로는 미안한 내용이 가득하면서 서로를 향해 살벌한 공격이 이어지려는 순간이었다.

휘이이이익!

멀리서 호루라기 소리가 들리더니 이내 달려들던 리트리하의 몸이 두둥실 위로 솟구쳤다.

전장의 곳곳에서 비슷한 일이 벌어지고 있었다.

연희연과 안센을 상대로 싸우던 마일리도 빠르게 뒤로 물러났고, 컴퍼니원들도 일제히 도망치기 시작했다.

문득 리트리하가 외쳤다.

"이대로 보내면 안 됩니다! 이건 목적을 달성했다는 신호예요!"

그들이 달성한 목적이 무엇일까?

답은 빤했다.

'점핑······.'

기어코 놈들이 58층을 벗어날 준비를 모조리 끝냈다는 것이다.

'······지금이라도 늦지 않았어. 뒤를 쫓아가면.'

"가, 강서준 님! 최하나 님이!"

그때 가까이에서 연희연의 소리가 비명처럼 들려왔다.

바닥에 쓰러진 최하나가 온몸을 뒤틀면서 꺽꺽대고 있었다.

눈에는 피가 흘렀고, 입이나 귀로도 피가 쏟아져 나왔다.

연희연이 계속해서 힐을 불어 넣었지만 그녀는 회복될 기미도 보이질 않았다.

[스킬, '류안(S)'을 발동합니다.]

강서준은 최하나의 몸에 박힌 '녀석'을 발견할 수 있었다.

'패러사이트!'

언제 당한 건지 모르겠지만 최하나의 몸으로 패러사이트

가 파고들고 있었다.

강서준은 빠르게 결단을 내렸다.

'패러사이트는 초기가 아니면 잡을 수 없어. 최하나 씨까지 잃으면 곤란해.'

안 그래도 링링까지 적의 손아귀로 넘어간 상황이다.

나도석도 패러사이트로 인해 전력이 대폭 깎였고, 김훈은 어디에 있는지조차 모른다.

여기서 강서준이 할 수 있는 선택은 하나밖에 없었다.

"로켓, 뒤를 밟아. 걸리면 안 돼."

─걱정 마세요.

빠르게 컴퍼니의 뒤를 쫓는 로켓을 일별한 강서준은 최하나에게 다가갔다.

그녀의 상태는 생각보다 훨씬 심각했다.

"……정신 차리세요! 최하나 님!"

"커헉!"

"어떡하죠? 피가 멈추지 않아요!"

연희연이 애써 힐을 불어 넣어도. 포션을 냅다 부어 봐도 소용이 없었다.

최하나의 몸에 난 구멍이란 구멍에선 연신 피가 쏟아져 나오는 상황이었다.

유난히 그녀의 몸에서 지독한 반응을 일으키고 있는 건지.

아니면 그녀가 가진 무언가가 이런 상황을 만들어 냈는지는 알 수 없었다.

"……원인부터 제거하죠."

강서준은 미간을 좁히며 최하나의 몸을 류안과 영안으로
쭈욱 살펴봤다.

그나마 다행인 건 패러사이트에 감염된 지 얼마 안 된 시
점이라, 개입할 여지가 남았다는 것이다.

'백귀에 감염됐던 패러사이트를 처리할 때랑 같아.'

아직 영혼에 온전히 뿌리를 내린 상태가 아니라면, 사람의
몸속에 있는 패러사이트만 따로 박리시킬 수만 있다면.

'치료할 수 있어.'

강서준은 거두절미하고 바늘을 꺼내어 최하나의 영혼 사
이에 스킬을 발동시켰다.

[장비 '도깨비 왕의 수선도구'의 전용 스킬, '영혼 수선'을 발동합니
다.]

방법은 간단했다.

패러사이트의 주변을 완전히 도려내어 박리시키고, 궁지
로 내몰아 놈의 숨통을 끊는다.

그것만으로도 녀석은 스스로 사멸한다는 사실은 겪어 봐
서 잘 알았다.

"크흡……."

다행히 강서준의 개입이 빨랐기 때문일까. 최하나의 상태는 빠르게 좋아졌다.

피는 금세 멎었고 연희연이 쏟아붓는 힐도 충분히 효용성을 보이기 시작했다.

금세 좋아진 안색을 한 그녀를 내려다보며 강서준은 철렁인 가슴을 쓸어내렸다.

연희연도 한숨을 길게 내뱉었다.

"돼, 됐어요…… 치료됩니다."

"……네."

말 그대로 천만다행이었다.

패러사이트에 의해 감염된 지 시간이 오래 지난 상태라면 제아무리 강서준이라 해도 쉽게 고칠 수 없다.

유일한 치료법은 제레브의 몸속에 기생 중인 '본체'를 찾아 죽이는 건데…….

현재 최하나의 상태를 보면 그때까지 몸이 버텨 줄지는 솔직히 의문이었다.

'층을 바꿔 초재생을 활성화시킨다면 또 모를까…….'

어쨌든 연희연의 힐 덕분에 적잖이 회복한 최하나는 금세 눈을 뜰 수 있었다.

"……미안합니다. 저 때문에 다 망쳤어요."

전투가 종료된 주변은 소름이 끼칠 정도로 고요한 분위기에 잠식되어 있었다.

링링도 신호에 맞추어 어딘가로 도망쳤는지, 멀리 나도석
이 힘겨운 몸을 이끌고 이쪽으로 다가오고 있었다.

강서준은 고개를 저으며 답했다.

"자책하진 마세요."

"네?"

"아직 놓친 건 아니니까."

⚜

이후 강서준은 일행을 이끌고 숲을 가로질러 58층의 공략
구역인 '아바논의 신전'으로 향했다.

여긴 수차례 1차 원정대가 진백호를 되찾기 위해 들어갔
던 전적이 있는 곳.

즉 컴퍼니 놈들이 장악하고 본격적으로 몸을 숨긴 58층의
유일한 제단이었다.

'제단은 놈들이 먹고, 제물은 1차 원정대가 가지고…… 누
구도 공략할 수 없는 층이었지.'

하지만 이 또한 옛날얘기다.

아바논의 신전을 탐사하던 컴퍼니 일원이 기어코 '점핑'을
발견하질 않았던가.

이제 남은 건 점핑을 활성화하고 발 빠르게 세력을 규합하
여 위층으로 올라가는 것이다.

'거기다 활성화시킨 거겠지.'

강서준은 쓰게 웃으며 앞서 길을 안내하는 로켓을 따라 걸었다.

고풍스러운 이집트풍의 신전은 숲속 깊숙이 숨겨져 있었다.

그리고 안으로 들어서자마자 세 개의 갈림길이 일행을 기다리고 있었다.

"문제는 여기부터입니다. 놈들은 십중팔구 이 안으로 들어갔지만…… 사실 그 자세한 위치까진 알지 못해요."

아쉽게도 강서준은 놈들이 점핑을 발견하기까지의 여정을 보진 못했다.

그가 있는 층을 공략하기도 바빴거니와, 오랜 시간을 들여다보고 있으면 제레브 쪽이 알아차릴 염려가 있었기 때문이다.

그리고 놈들은 하필 강서준이 잠시 눈을 뗀 시점에 점핑을 발견하고 말았다.

'괜찮아. 나도 찾아내면 돼.'

강서준은 세 개의 갈림길 중에서도 망설임 없이 오른쪽을 택했다. 벽면으로 개의 그림이 그려진 복도였다.

최하나는 그런 강서준을 보면서 나지막이 물었다.

"혹시 길을 아시는 거예요?"

"아뇨. 근데 이쪽이 맞을 겁니다."

"네?"

"책에 나와 있거든요."

[검색 중입니다. ……차원 서고의 3층 11번째 책장 '밤눈인의 유적지' 를 추천합니다.]

아바논의 신전, 함정, 밤눈인, 어둠거인…… 점핑.

58층의 각종 정보를 키워드로 입력하니 차원 서고는 하나의 책을 추천해 줬다.

추측하자면 '점핑'을 비롯한 위태로운 함정이 있을 법한 통로에 대한 단서.

"책을 보면 밤눈인들은 결코 들어가선 안 되는 방이 있다고 명시되어 있어요."

여기서 밤눈인은 58층의 가장 흔한 몬스터의 또 다른 이름이었다.

최하나는 강서준을 보며 물었다.

"……설마 차원 서고의 책을 읽는 거예요?"

"네."

"거기에 재앙의 탑에 관련된 내용도 나와 있어요?"

놀란 눈을 뜬 최하나를 향해 강서준은 어깨를 으쓱이며 답했다.

"찾는 게 어려울 뿐. 단서만 있다면 원하는 모든 정보는 전부 알아낼 수 있을 겁니다."

"……."

"그런 눈으로 보지 마세요. 이거 생각보다 어려우니까요."

아는 만큼 보인다고 하던가.

차원 서고를 이용하려면 검색하는 키워드도 제대로 입력해야 하는 것은 물론이고, 전달된 책을 제대로 된 해석을 해내는 것도 문제였다.

만약 '아바논의 신전'을 '아바논의 유적'이라 검색한다면 아예 다른 문서가 나올 것이고.

설령 추천 도서의 내용을 잘못 이해한다면 전혀 다른 결론을 맞이할 수도 있었다.

모든 게 들어 있지만 원하는 걸 편하게 찾아볼 수 있는 시스템은 아니었다.

'뭐, 나한테 통용되는 얘기는 아니지만.'

이미 드림 사이드 1에서 수십 번은 공략해 본 던전이 바로 '재앙의 탑'이 아닌가.

척하면 척.

작은 정보로도 강서준은 해당 층에 대한 단서를 도출해 낼 수 있었다.

최하나는 고개를 갸웃하며 물었다.

"근데 차원 서고도 직업 전용이라…… 퀘스트를 공략해야 하지 않았어요?"

"네. 그래야 했죠."

"……그새 그것도 공략한 거예요?"

강서준은 쓰게 웃으며 답했다.

"공략 안 했어요."

"네?"

"운이 좋았다고 할까요."

과연 강서준에게 '차원 서고'를 공략할 여유 따위가 어디에 있었겠는가.

애초에 후쿠오카를 공략할 때에는 '차원 서고'가 복구조차 되질 않은 상태였고.

재앙의 탑을 오른 이후는 던전을 공략하느라 제대로 둘러볼 시간도 없었다.

'만약 차원 서고의 퀘스트를 공략해야 했다면 최소한 한 달에서 두 달은 잡아먹었을 거야.'

차원 서고의 3층은 전직 퀘스트 못지않은 최고난도의 퀘스트를 세 개는 더 공략해야 한다.

걸리는 시간도 천차만별이었다.

실제로 드림 사이드 1에서 강서준이 차원 서고의 3층을 개방하기까지 약 세 달은 써먹었다.

"그러면 어떻게 쓰는 거예요? 재앙의 탑 정도면 S급이라…… 퀘스트를 깨야 하지 않아요?"

"네. 그래야 했죠."

"그럼……?"

"말했잖아요. 운이 좋았다고요."

강서준은 어둠이 가득한 복도를 응시하며 말했다.

"얼마 전에 제가 마그리트를 차원 서고에 넣어 폭발시킨 건…… 기억하시죠?"

"네."

"아이러니하지만 그 덕에 차원 서고의 3층 권한도 얻게 된 거예요."

강서준은 쓰게 웃으며 차원 서고의 복구가 완전히 끝났을 때를 상기했다.

다시 생각해도 이건 정말 천운이 따랐다고 해도 과언이 아니다.

부서진 차원 서고를 복원하는 중에, 무슨 이유에선지 3층의 권한까지 복원되고 말았으니까.

'케이'의 데이터를 승계한 것처럼.

최하나는 헛웃음을 지었다.

"……현질이라도 한 것 같네요."

"뭐, 그렇죠."

솔직히 그가 생각하기에도 이건 치트키를 쓴 기분이 들 수밖에 없는 일이다.

'흐음…….'

하지만 그가 말해 놓고도 이상하다는 생각은 들었다.

차원 서고가 무너지고 복원하는 과정에서 3층의 권한이 주어진다는 건.

이걸 고작 '운'으로 정리할 수 있을까?

강서준은 고개를 저었다.

'시스템이 그리 호락호락할 리가.'

적어도 그가 아는 드림 사이드는 그런 게임은 아니었다.

강서준은 반지의 제레브가 했던 말을 상기할 수 있었다.

'시스템이 약해지고 있다고 했지?'

차원 서고에 갇혔던 그의 기억 봉인이 헐거워진 이유도 그 때문이라고 했다.

그는 그곳에 있는 것만으로 자신의 과거를 모두 기억해 낼 수 있었다고 하질 않은가.

그게 어떻게 가능했던 걸까?

'세계가 삐걱이고 있다.'

왠지 그런 생각이 들었다.

"찾았다."

차원 서고의 도서를 이정표 삼아 아바논의 신전을 공략한 지 얼마나 되었을까.

바쁘게 흐름을 쫓던 강서준은 어느덧 목적으로 했던 곳을 찾을 수 있었다.

곳곳에 찢긴 몬스터의 흔적이 아직 지워지지 않고 남은 걸 보면 이쪽이 정답이라는 확신이 들었다.

최하나는 조바심이 깃든 얼굴로 말했다.

"아직 늦진 않았겠죠?"

그녀의 말에 강서준은 혀를 차며 답했다.

"글쎄요. 늦진 않은 것 같아요."

"네?"

"아무래도 넘어야 할 산이 알아서 찾아온 것 같거든요."

강서준은 복도 너머에서 수십 개의 빛무리가 정면을 장악하며 쇄도하는 걸 확인했다.

수십…… 아니 수백 개의 매직 미사일은 오직 이곳을 초토화시키기 위해 굉음을 냈다.

[장비 '도깨비 왕의 감투'의 전용 스킬, '이매망량'을 발동합니다.]

도깨비 갑주를 크게 확장하여 매직 미사일은 일단 막아 내기로 했다.

뭐, 이 정도는 문제가 아니다.

진짜 문제는…… 강서준의 앞을 가로막는 왜소한 체구의 그녀에게 있었다.

강서준은 헛웃음을 지었다.

"널 적으로 만나는 건 아무리 나라도 조금 부담스러운데……."

"……그건 나도 마찬가지야."

천외천 링링.

그리고 그 뒤로 리트리하와 마일리가 복도를 가로막으며 이쪽을 경계하고 있었다.

링링은 대수롭지 않은 얼굴로 강서준을 보더니 말했다.

"서둘러야 할 거야. 점핑을 놔두면 일은 너무 복잡해질 거야."

"알아. 그러니 길을 비켜 주는 게 어때?"

리트리하는 한껏 미안한 얼굴로 말했다.

"죄송합니다. 제 뜻대로 움직일 수 있는 게 아니라서⋯⋯."

강서준은 한숨을 내뱉으며 정면을 응시했다.

랭킹 2위의 리트리하.

랭킹 3위의 링링.

랭킹 6위의 모르핀.

'아마 시야엔 안 보이지만 지상수도 있겠지.'

신기루라 불리는 던전상인 '잭'은 어둠에 녹아들어 이 어딘가에 숨어 있을 것이다.

안타깝게도 녀석도 패러사이트에 감염된 상태였으니, 불시의 기습은 각오해야 한다.

최하나는 마탄을 예열시켰다.

"정말 큰 산이네요."

"네. 쉽지 않을 겁니다."

한편으로는 이리 적으로 마주하고 보니 새삼스러운 기분이 들었다.

'다들 더럽게 강하네.'

무려 네 명의 천외천이다.

하나하나가 지구의 최정상에 있는 플레이어들.

재앙의 탑으로 더더욱 강해진 그들이었기에 솔직히 부담스러운 감정이 앞섰다.

'하지만 그건 저쪽도 마찬가지겠지.'

저들의 상대가 누군가.

천외천 랭킹 1위에 등극한 유일무이한 플레이어.

그 누구도 따라잡지 못한 독보적인 강자.

그게 바로 '케이'였다.

링링이 지팡이를 겨누며 무지막지한 마력을 끄집어내어 말했다.

"알겠지만 나도 내 몸을 컨트롤하지 못해. 그러니 케이…… 알아서 날 제끼고 가."

"……힘 조절은 할게."

"그래. 적당히. 제발 적당히 해 줘."

서로의 시선이 부딪치고 전장의 분위기가 고조됨에 따라 마력은 천정부지로 솟구쳤다.

그리고 일순 숨이 막힐 것만 같은 긴장감이 차오른 순간.

"알아서 적당히 피하라고!"

링링의 선공이 날아왔다.

쿠우웅!

묵직한 울림과 함께 무언가가 어깨를 짓눌렀다.

지구가 몸을 잡아당긴 듯 움직이지도 못하게 만드는 무거운 압력!

"그래비티는 질량에 따른 무게를 더하는 마법이야. 해제 방법은 간단해. 질량을 0으로 만들면 돼."

지팡이를 휘두르며 내뱉은 링링의 말에 강서준은 쓴웃음을 지을 수밖에 없었다.

마법을 발동한 주체면서, 그 대책까지 마련해 주는 꼴이라니…….

"강서준 님! 조금만 기다리십시오! 곧 반중력 장치를 전개하겠습니다!"

그나마 송명이 링링의 말을 이해하고 그에 따른 대처법을 마련하고 있었다.

이어서 송명이 꺼낸 '반중력 장치'는 질량을 0으로 만들 정도는 아니더라도 그래비티를 대항할 정도로 몸을 가볍게 만든다고 했다.

강서준은 앞으로 걸음을 내디디며 말했다.

"난 괜찮아요."

마법사가 아닌 그가 질량을 0으로 만드는 방법 따위 알 턱이 있을 리가 없겠지만.

이깟 중력이 그를 짓누른들 움직이지도 못할 만큼 약하지
도 않았다.

"그보다 당신들부터 얼른 빠져나가는 게 좋을 겁니다."

중력 마법에 이어서 주변으로 공명하는 '새로운 마법'이 형
태를 갖추고 있었다.

기온이 낮아지고 서서히 공기에 서리가 끼는 게 보통 심상
치 않았다.

'블리자드겠지.'

일대를 통으로 얼려 버리는 무시무시한 초고위 마법.

아예 적중당하지 않는 게 최선인 최악의 범위 마법 중 하
나였다.

한편 강서준을 위협하는 건 그것만이 아니었다.

"케이 님! 조심하세요!"

강서준을 향해 휘둘러지는 대검.

창졸간에 접어든 리트리하의 공격은 세상을 무너뜨릴 기
세였다.

콰아아앙!

힘껏 내리친 리트리하가 미안하단 표정을 지으며 강서준
을 바라봤다.

그리고.

"형⋯⋯!"

외마다 외침과 동시에 느껴지는 서슬 퍼런 기운에, 바로

'이기어검술'을 발동했다.

허공에서 균열이 일더니 이내 기다란 칼날이 그의 등짝으로 솟구치고 있었다.

강서준은 류안으로 남몰래 숨어 있던 지상수도 발견해 냈다.

'갈수록 태산이군.'

물론 전투 자체는 무난했다.

재앙의 탑을 올라 일취월장 성장한 강서준의 실력은 모두를 상대로도 하루 종일 싸울 수 있었다.

천외천이 하나든, 둘이든…… 그가 질 거란 생각은 추호도 떠오르지 않는다.

'진짜 문제는 그게 아니란 거야.'

강서준은 링링의 뒤편으로 뻥 뚫린 어두운 복도를 빠르게 살폈다.

'시간이 없어. 이대로면 놈들이 위층으로 올라가고 말 거야.'

링링을 비롯한 천외천을 상대로 싸운다는 건 사실 그리 중요한 게 아니다.

'고작 시간 벌기야.'

놈들의 진짜 목적은 '상층부'에 있고, 이미 '진백호'를 납치한 놈들은 이스터 에그에 입장할 조건을 만족시켜 놓질 않았는가.

'놓치면 끝이야.'

하지만 근접한 리트리하는 놔주질 않겠다는 듯 끈질기게 달라붙었고, 지상수의 연계도 심상치 않게 다가왔다.

솔직히 지상수도 상인이라고 무시할 만한 상대는 아니었다.

'괜히 랭킹이 9위일까.'

그가 가지고 있는 수많은 희귀한 아이템은 어디서도 구할 수 없는 진귀한 특징을 가졌다.

온갖 디버프를 주는 건 물론, 자동 에임핵이라도 달린 것처럼 그를 쫓아오는 총알도 마구잡이로 쏘아 낼 수 있었다.

마음만 먹는다면 지상수도 충분히 전투에서 활약을 할 조건은 갖추고 있는 것이다.

그리고 지상수의 주변으로 수십 개나 되는 아이템이 두둥실 떠올랐다.

"설마…… 전부 마검이야?"

"형. 애네 다 비싸거든요? 기왕이면 부수진 말아 줬으면……."

투콰아아아앙!

하지만 강서준은 다가오는 마검을 전력으로 맞부딪치며, 빠르게 거리를 벌렸다.

지상수의 말마따나 상대를 봐주면서 할 수만 있다면 좋겠지만……

천외천 여럿을 동시에 상대하면서 그런 생각을 품는 것 자체가 말이 안 된다.

애초에 상대를 죽이는 것보다 제압하는 쪽이 훨씬 더 난이도가 높은 법이지 않은가.

'……뇌신을 쓰는 수밖에 없나.'

나지막이 떠올린 단 하나의 수단.

몸에 다소 무리가 가겠지만, 아끼다 똥 되는 것보단 백만 배는 나을 것이다.

여기서 제레브를 놓쳐 봐야 스킬을 사용할 기회조차 날리는 꼴이 될 테니까.

강서준은 각오를 다져야만 했다.

하지만.

"아서라. 여기서 힘을 다 빼면 나중에 뭘 어쩌려고 그러냐?"

그때 옆면을 노리던 리트리하의 대검을 일격에 튕겨 낸 사내가 있었다.

나도석.

그가 강서준을 향해 말했다.

"여긴 내가 맡을 테니 넌 가 봐."

"하지만 나도석 씨, 몸이……."

"알아. 당장이라도 뒈질 것 같다."

패러사이트에 감염된 몸은 사실 자기 의지로 움직이는 것부터 엄청난 부담이 된다.

막말로 패러사이트의 명령으로 멋대로 움직이려는 몸을 의지로 붙들고 제어하는 셈이다.

"근데 어쩌겠냐."

나도석의 기운이 점차 증폭되었다. 그를 중심으로 솟구친 '나도석의 형상'은 거인처럼 복도를 가득 채웠다.

혹시 패러사이트를 완전히 무력화시키고 괜찮아지기라도 한 걸까?

"너만이 이 상황을 뒤집을 수 있는데."

잠시 류안을 발동한 강서준은 나도석의 몸에서 두 개의 힘이 여전히 부딪치고 있다는 걸 알았다.

모르긴 몰라도, 나도석을 여기에 남기고 간다면…… 그의 목숨을 장담할 수 없다는 것도 쉽게 알 수 있었다.

여긴 체력 회복도 안 되는 구간.

나도석 또한 최하나와 마찬가지로 아킬레스건을 짓밟힌 채로 싸워야만 한다.

그러나.

"……믿고 맡깁니다."

강서준은 리트리하의 공격을 온몸으로 받아 내는 나도석을 일별하기로 했다.

선택의 여지가 없다.

설령 여기서 그가 죽더라도 강서준은 나아가야만 한다는

건 분명했다.

'……죽긴 누가 죽어?'

강서준은 빠르게 달려 나가며 멀리 컴퍼니 놈들이 있을 곳을 바라봤다.

방법은 단순했다.

'패러사이트만 제거하면 된다.'

원흉만 제때 없앴다면.

마일리만 되찾는다면…….

'설령 죽더라도 살릴 수 있어.'

게임의 효과가 적용되는 이곳이라면, 분명 부활 대기 시간도 존재할 테니까.

[플레이어 '연희연'이 스킬, '신의 가호(S)'를 발동합니다.]

나도석의 몸에 은은한 신성력이 감돌았다.

강서준은 먼지가 가득한 얼굴로 나도석에게 연신 힐을 퍼붓는 연희연도 보았다.

'그래. 혼자도 아니야.'

링링의 중력으로부터 겨우 벗어난 리카온 제국의 플레이어들이 앞다투어 튀어나왔다.

쥬톤이 높이 뛰어올라 링링의 마법을 격추시켰고, 송명을 위시로 움직이는 부대가 마일리를 공략하기에 이르렀다.

강서준은 연신 마탄을 쏘아 내는 최하나의 옆으로 다가가 말을 걸었다.

　"지금입니다. 가야 해요."

　모두의 노력 덕분에 실낱같은 틈이, 적진 사이로 슬며시 고개를 내밀고 있었다.

　그 시각.

　온몸을 포박당한 진백호는 뒤쪽에서 들려온 커다란 폭음에 몸을 떨었다.

　'이 소리는…….'

　모르긴 몰라도 이곳으로 누군가가 쫓아왔다는 증거였다.

　최하나? 나도석?

　링링이나 리트리하가 이미 적들에게 종속당해, 제 몸을 제대로 가누질 못한다는 건 익히 알고 있는 사실이다.

　어쩌면 저 소음은 그들이 격돌하면서 내는 걸지도 모르겠다.

　실제로 옆을 걷던 가면을 쓴 놈이 탄식하며 입을 열었다.

　"어마어마하군. 여기까지 마력이 진동할 정도라니……."

　"괴물들이야. 괜히 천외천이 아니군."

　"적이었으면 끔찍했겠는데?"

잠시 몸을 떨던 그들이 씨익 웃으면서 말을 이었다.

"그래 봤자 이젠 꼭두각시에 불과하지만 말이야."

"정말이지…… 제레브 님을 따르길 천만다행이야."

그들의 시선은 선두를 천천히 걸어가는 한 악마에게 향해 있었다.

마왕 제레브.

진백호도 그쪽을 보면서 입술을 잘근 깨물었다.

그가 이렇게 형편없이 묶여 있는 이유는 전부 저 괴물 같은 마왕 때문이다.

'그토록 노력했는데…….'

A급 던전이 되어 버린 기계성마저 홀로 돌파할 만큼 강해진 그였다.

정령왕의 기운도 꽤 다스리고, 마력을 세밀하게 컨트롤하는 방법도 익혔다.

솔직히 이쯤이면 그의 적수라 할 만한 사람은 '강서준'을 제외하고 있을까 싶었다.

그리고, 그게 잠깐의 오만이었고, 방심이었다는 걸 알기까지 오랜 시간이 필요하지 않았다.

진백호는 호흡을 가다듬었다.

'크윽. 이래선 안 돼. 이렇게 아무것도 못 하고 질질 끌려다니기만 해서는……!'

이전에 천안에서 무력하게 보내던 나날과 지금의 상태가

무엇이 다르단 말인가.

변한 게 없는 현실.

진백호는 납득하기 싫었다.

'탈출해야 해.'

적들의 목적을 알고 있는 한, 그는 이 무리에서 어떻게든 도망쳐야 할 의무가 있다.

지구를 지켜야 하지 않은가.

'절대 상층부로 이들과 올라가선 안 돼.'

하지만 녀석들의 알 수 없는 힘에 의해 속박당한 그가 무얼 더 할 수 있을까.

그의 몸을 조이는 줄은 이상하게도 마력 자체를 다루질 못하도록 그 흐름에 개입하고 있었다.

실제로 그의 몸에 종속되어 있는 정령왕이 기지개조차 켜질 못하는 중이었다.

'방법을…… 방법을 찾아야!'

그렇게 진백호가 갖은 노력을 다하며 마력을 움직이려 했던 게 효과가 있었을까.

……우웅!

미약하지만 그의 의지에 따라 실낱같은 마력이 동조하는 게 느껴졌다.

아주 작은 흐름이었지만 진백호는 이를 놓치지 않았다.

'제발…… 움직여라!'

실낱같던 흐름은 이내 폭풍으로, 몸속에 아로새겨졌던 기운은 점차 증폭되었다.

여태 기지개조차 켜질 못하던 정령왕의 기운이 너무나도 선명하게 느껴졌다.

그리고 들어 보기만 했고…… 배운 적조차 없는 스킬의 그의 몸에 각인되었다.

[스킬, '정령화(L)'를 발동합니다.]

[정령왕 '피닉스'가 응답합니다.]

[정령왕 '아쿠아'가 응답합니다.]

무려 두 개의 정령왕이 동시에 몸 위로 뒤덮고, 어울릴 수 없는 '불'과 '물'이 뒤엉켜 주변에 영향을 주었다.

"……크으윽!"

"대체 어떻게 마력을!"

"코드 레드! 모두 이놈을 막아!"

"마력 제어구는 어딨어?"

컴퍼니 놈들이 재빠르게 대처하려 했지만 각성한 진백호는 그보다 훨씬 빨랐다.

때로는 물처럼, 때로는 불처럼.

아예 형상을 갖추지 않은 것처럼 주변을 거센 물길로 휩쓸고 한쪽으로는 뜨거운 화마로 불태워 나갔다.

확실히 L급 스킬답게 그 위용이 대단했다.

마치 신이라도 된 것만 같다.

'이 힘이라면 제레브 그 녀석을 쓰러트리는 건 일도 아닐지도 몰라!'

1차 원정대가 그리 속수무책으로 무너진 이유는 전부 제레브가 원인이었다.

패러사이트라던가?

누구든 감염된 이로 하여금 조종해 대는 터무니없는 힘은, 상황을 이렇게 꼬아 버렸다.

'근데 나에겐 통하지 않았어.'

정확히는 진백호를 감염시키지 않았다는 게 맞는 결론이었다.

주요 인물은 쉽게 건들 수도 없는 위치에 서 있었으니까.

그는 적들에게도 보호받아야 할 존재였고, 반드시 필요한 인재였다.

'즉 나만이 상황을 뒤집을 수 있는 걸지도 몰라.'

생각을 오래 이어 갈 수는 없었다. 선두를 걷던 제레브가 어느새 그의 앞으로 현신했으니까.

"용케 움직이는군."

"……마왕."

"하지만 거기까지다. 갈 길이 바빠."

그 말을 끝으로 진백호는 순간적으로 제레브의 형체가 거인이 된 것만 같은 착각이 일었다.

'……아니, 착각이 아니야.'

전능해진 감상마저 순식간에 지워졌다. 애써 반격하고자 불길을 일으키고 물살을 가공해도 소용이 없었다.

모두 제레브의 앞에선 어린아이의 장난과도 같았다.

'말도 안 돼.'

L급 스킬로 각성했던 그의 전력은, 제레브라는 거대한 둑에 막혀 멈추어 서고 말았다.

제레브는 상식을 훨씬 초월하는 괴물이었다.

"시간이 지체됐군. 끌고 와라."

"네, 네! 제레브 님!"

멀찍이 떨어져 있던 컴퍼니원들은 바닥에 널브러진 진백호에게 각종 마력 제어구를 착용시켰다.

이젠 말조차 꺼내질 못하도록 재갈까지 물려 둬, 비명조차 지를 수 없게 됐다.

'……전부 부질없는 짓이었나.'

간신히 가동한 그의 전력마저 전혀 소용이 없는 막강한 상대.

지독한 무력감을 느끼며 진백호는 순순히 적들의 손아귀에 질질 끌려가는 수밖에 없었다.

'……젠장.'

하지만 그는 알았을까.

"점핑을 개시한다! 바로 아르카나와 싸워야 하니 준비해!"

"팀별로 자리를 유지해! 진형이 무너지면 모두가 무너질 거야!"

잠시 그로 인해 벌어진 '잠깐의 소동' 때문에 조금이나마 '늦어진 점핑'이.

그러니까 결코 포기하지 않고 만들어 냈던 그 짧은 순간의 '멈춤'이.

[특수 함정 '점핑'을 활성화합니다.]

"어딜 튀려고?"

기적을 만들어 냈다는 것을.

상위 0.001%의 랭커

앞서 들려오는 폭음에 강서준은 속력을 더욱 높였다.

먼 거리임에도 한눈에 보이는 거대한 마력의 흐름.

누가 만들어 낸 흐름인지 바로 알 수 있었다.

'진백호.'

불과 물이 뒤엉켜 방대한 충격을 일으키고 있었다.

문제는, 그 힘이 일시에 사라졌다는 거겠지.

그게 무얼 뜻하겠는가?

"……최하나 씨. 속력을 높이죠."

강서준의 의도를 파악한 최하나는 얼마 남지 않은 체력으로 기꺼이 '번 블러드'를 발동했다.

그리고 파랑이는 오랜만에 '용'의 모습으로 현신하여 날개를 활짝 펼쳤다.

"두 사람을 부탁해."

ㅡ말 안 해도 알거든?

틱틱대며 파랑이가 안센과 유리나를 등에 태웠다. 동시에 강서준과 최하나의 속력에 맞추어 고속 비행을 시작했다.

강서준은 눈앞으로 생겨나는 새로운 흐름을 인식했다.

[스킬, '류안(S)'을 발동합니다.]

'……점핑이 시작되고 있어.'

빠르게 휘몰아치는 기운을 쫓아 더더욱 날렵하게 움직일 수 있었다. 강서준은 유난히 긴 복도를 단숨에 뛰어넘었다.

'아직…… 늦진 않았어.'

그리고 다행히도 점핑이 완성되기도 전에 그곳으로 들어선 강서준은, 이내 모여든 컴퍼니원들을 쭉 살필 수 있었다.

포박된 진백호의 황망한 시선과 당황하는 적들의 동태.

그리고 이쪽을 오연한 시선으로 응시하는 제레브까지.

"어딜 튀려고?"

그 순간 주변이 번쩍이며 '점핑'이 완전히 활성화되었고.

[특수 함정 '점핑'을 발동합니다.]

[충격에 주의하십시오!]

시스템 메시지와 함께 범위에 선 모든 이들이 어딘가로 이동되었다.

점핑.

중층부터 등장하는 특수 함정.

이 함정의 본래 목적은, 아직 성장하지 못한 플레이어를 그보다 위층으로 내몰아 위기에 빠트리는 것이다.

'하지만 이미 성장한 플레이어는 얘기가 달라.'

치명적인 '독'도 누군가에겐 '약'이 되듯.

점핑은 이미 완성된 플레이어에겐 지름길이 된다.

구태여 필요하지 않은 층간 보상을 무시하고, 시간을 절약할 수 있다.

그리고 58층처럼 중층의 끝자락에 있다면, 점핑으로 도착할 한계는 분명했다.

60층.

상층으로 올라가기 위하여 반드시 거쳐야만 하는 승급의 층이다.

[이곳은 '60층'입니다.]

['고대의 신수 아르카나'를 처치하시오.]

[보상은 '61층'에 진입 시 일괄 지급됩니다.]

물론 현재의 강서준이라면 어떻게든 고대의 신수 정도는 쓰러트릴 힘은 있었다.

빠르게 층을 돌파하겠다고 애써 히든 퀘스트를 공략한 결과는 생각보다 대단했으니까.

점핑으로 놓쳐 버린 두 개의 층간 보상 따위는 큰 영향을 주지도 못한다.

'문제는…….'

강서준은 양손에 단검을 쥐며 가까이에 선 적들을 경계했다.

진백호를 중심으로 원형 진을 짠 컴퍼니가 이쪽을 향해 온갖 무기를 겨누고 있었다.

'……공략해야 할 적이 하나가 아니라는 거야.'

그중 높이 솟은 산처럼 커다란 덩치를 가진 제레브는 담담한 눈으로 말했다.

근데 원래 저렇게 근육질이었나?

일전에 봤던 것보다 두 배는 커다란 형체의 제레브가 강서준을 내려다보며 말했다.

"결국 여기까지 따라왔군."

그리고 묵직한 기세를 쏟아 내는 제레브의 시선에, 강서준은 저도 모르게 몸을 떨었다.

'강하다.'

지난 과거에 싸웠을 때는 비교조차 어려웠다.

아니, 막말로 무의식에서 봤던 모습보다도 훨씬 강한 느낌이다.

긴 세월을 지내며 더욱 강해지는 법이라도 익힌 걸까?

녀석은 이죽이며 말했다.

"하지만 여기까지다."

눈 깜빡할 사이에 강서준의 정면에 드리운 그림자가 있었다.

본능적으로 단검을 맞부딪쳤지만, 쉬이 무시할 수 없는 충격에 뒤로 튕겨 나갔다.

물론 일방적으로 당하지만은 않았다.

[스킬, '파이어볼(S)'을 발동합니다.]

부딪친 그 즉시 놈의 면상으로 수십 개의 파이어볼을 날려버렸으니까.

쿠콰카카캉!

그러나 녀석은 무식하게도 S급의 불덩어리를 맨몸으로 감내하며 공격을 이었다.

녀석의 검 위로 수십 미터나 될 법한 '오러 블레이드'가 생성되어 있었다.

"따라잡으면 날 이길 수 있을 거라 생각했느냐?"

강서준은 오러 블레이드에 맞서 '도깨비불'을 태웠고, 그 랑의 어금니 단검으로 화력을 보충했다.

[장비 '재앙의 유성검'의 전용 스킬, '영역 선포'를 발동합니다.]
[칭호, '도깨비의 왕'을 확인했습니다.]
['핏빛 도깨비의 달'이 선언됩니다.]

그것으로 족하지 않고 강서준은 가지고 있는 힘을 차례로 꺼내었다.

막상 부딪친 제레브의 전력은 상상을 초월했고.

패러사이트의 영향인지 솔직히 이놈만으로도 S급 보스 몬스터의 기운이 느껴졌다.

'착각은 아니겠지.'

류안으로 보면 녀석의 주변엔 한 점의 마력도 흐르지 않고 있었다.

즉, 놈은 가지고 있는 방대한 마력을 모조리 제 몸 안에 갈 무리했다는 거다.

'저 작은 체구로 말이지.'

인간의 기준으로 봤을 때는 거인처럼 큰 형태였지만, 몬스터의 기준으로는 터무니없을 정도로 아주 작은 개체.

쿠구구구구궁……!

그리고 땅이 흔들리고 슬슬 주변으로 안개가 조금씩 생겨
난 건 그즈음이었다.

한쪽의 산이 갈라지고 그 너머로 승급 몬스터인 '고대의
신수(神獸)'가 모습을 드러냈다.

무려 산(山)만 한 크기.

[60층 승급 몬스터 '고대의 신수 아르카나'가 등장했습니다!]

['아르카나'가 '신수의 저주(S)'를 발동합니다!]

설상가상으로 60층의 주인인 아르카나마저 나타나 전장을
뒤흔들고 있었다.

"……어딜 보는 거지?"

쿠우우웅!

제레브는 아르카나 따위는 신경조차 쓰질 않는지, 강서준
을 향해 공격을 이었다.

강서준도 그 부분엔 공감했다.

아르카나를 견제하면서 제레브까지 상대한다는 건 솔직히
불가능한 일이다.

다만, 속도는 내야겠지.

'시간을 끌수록 불리한 게임이다.'

지금도 나도석과 리카온 제국인들은 링링을 필두로 한 천
외천을 상대로 싸우고 있다.

또한 최하나도 현재 컴퍼니를 견제하랴, 아르카나를 신경 쓰랴…… 몸이 두 개라 해도 모자랄 지경이었다.

'진백호라도 움직일 수 있으면 좋겠는데.'

이상하게도 진백호의 주변의 마력은 마치 흐름이 멈춘 것처럼 조용했다.

죽은 건 아니겠지?

모르긴 몰라도 컴퍼니 놈들이 진백호의 능력을 봉인하려고 무슨 수를 쓴 것이다.

'단숨에 끝내자.'

[스킬, '뇌신(L)'을 발동합니다.]

강서준은 순간적으로 출력을 높이며 놈의 지근거리에 다다를 수 있었다.

뇌신은 그가 가진 최고의 절예.

'여기에 공절을 섞으면…….'

잠시 숨을 참은 강서준이 찰나의 틈을 노리고 검을 휘둘렀다.

'뇌신'으로 인해 강화되고 빨라진 속도는 그대로 '공절'로 이어지고 있었다.

아마 현재 그가 낼 수 있는 최고의 공격 기술이라 할 수 있을 것이다.

하지만.

"역시 강하군."

"……!"

"하지만."

제레브는 '영역 선포'에 이어, '뇌신'까지 사용한 강서준의 속도를 따라잡았다.

강서준은 제레브의 전신을 휘감은 미증유의 기운을 확인할 수 있었다.

'저건…….'

나태한 자의 말로(末路).

가지고 있는 모든 힘을 한순간에 불태워 적을 말살하는 제레브의 전유물.

녀석이 재앙의 탑에 오른 이후로 꾸준히 쌓아 뒀던 마기가, '검'이 아닌 놈의 '몸'에 담겨져 있었다.

마치 '뇌력'을 몸에 넣어 '뇌신'이 된 것처럼.

놈은 고조된 목소리로 말했다.

"네놈은 날 이기지 못한다."

"……."

"이만 사라져라!"

콰아아아앙!

받아치는 것조차 어려운 일격.

강서준은 이를 악물었다.

'……그렇다면 받아치지 않는다.'

강서준은 아예 파격적으로 움직이기로 했다.

다가오는 공격을 피하지도 않고, 더더욱 상대를 몰아치며 공격하는 방식.

방어를 도외시한 육탄전!

'뇌신이나 나태한 자의 말로는 길게 사용하는 스킬이 아니야.'

실제로 놈의 몸도 눈에 띄게 망가지고 있었다.

아마 이 싸움은 누가 먼저 지쳐 쓰러지는지를 두고 봐야 하지 않을까?

[스킬, '초재생(S++)'을 발동합니다.]

그나마 다행인 건, 이곳까지 오르면서 '초재생'을 강화해 뒀다는 것이다.

기반이 되는 스킬이 없어 L급으로의 승급은 어려워도 'S++'의 성능도 대단했다.

해서, 강서준은 부서지는 신체를 무시하고 상대에게 대미지를 주는 데에만 집중할 수 있었다.

한 대를 맞는다면, 두 대를.

두 대를 맞았다면, 네 대를.

"크윽……!"

결국 제레브 놈도 더는 오연한 시선을 유지할 수 없었다. 인상을 한껏 구긴 녀석은 거친 숨을 내쉬며 전력을 다하고 있었다.

그 모습을 보며 강서준은 새삼스럽게도 녀석의 목적을 상기할 수 있었다.

놈은 다시 한번 '선택의 기로'에 올라, 희생당한 그의 '동생'을 찾고자 한다.

오직 그것만을 위해 수십 번을 전생했을지도 모르는 비운의 마왕.

"날…… 방해하지 마라!"

제레브가 발악하며 쏘아 낸 대대적인 마기가 강서준의 전신을 두드려 댔다.

잠시 버티질 못하고 튕겨 나간 강서준은 바닥을 구르고 바로 몸을 가누었다.

그 위로 제레브의 검이 내리찍히고 있었다.

콰아아아앙!

강서준이 공격을 막아 내며 말했다.

"웃기지도 않아."

"뭐?"

"누군가를 구하기 위해 누군가를 희생시킨다라…… 정말 그걸 제이미가 원할 거라고 생각하냐?"

희생당한 과거의 주요 인물.

제레브의 동생 '제이미'.

그 이름에 반응했을까?

제레브의 눈썹이 꿈틀거렸다. 강서준은 그 틈을 놓치지 않았다.

"아니, 원하지 않을 거다. 적어도 제이미는 그런 걸 원할 위인이 아니거든."

"무슨 개소리를……!"

"세상을 구하기 위해 스스로를 내버린 아이야. 과연 너의 그 이기적인 생각이 그 아이가 원하는 길일까?"

제레브는 분개한 얼굴로 검을 휘둘렀다. 폭발할 듯 휘두른 마기는 금세 주변을 초토화시켰다.

"네가 뭘 안다고 떠들어 대느냐!"

콰카카카캉!

이어진 검격은 그의 감정에 동조했는지 거칠고 파괴적인 느낌이 강했다.

하지만 그만큼 놈의 빈틈도 커져, 강서준은 놈의 허리를 베어 낼 수 있었다.

"모르지. 근데 그게 오답인 건 알겠더라."

"……."

"넌 정말 제이미가 돌아올 수 있을 거라고 생각해?"

"뭐라 지껄이는……!"

"난 불가능하다고 봐."

강서준은 제레브를 향해 천천히 입을 열었다.

"설령 네 계획대로 제이미가 돌아온다고 해도, 그 아이는 네가 알던 제이미는 아닐 테니까."

"……."

"기억은 지우기 가장 힘든 부분이고, 지워진다 해도 그 흔적은 남거든."

관리자 '렉시'의 말대로라면 아마 주요 인물은 복사도 되질 않는 존재다.

즉 돌아온다면 아마도 꽤 많은 세월을 살았을 제이미라고 봐야 할 것이다.

"물론 동생을 되찾고 싶은 마음은 이해하고 그 선택은 잘 알겠지만……."

제레브는 머리를 흔들더니 말했다.

"닥쳐라."

제레브의 눈이 벌겋게 물들고 그 뒤편으로 마기가 대단하게 피어올랐다.

갈무리했던 힘이 오로지 그의 검으로 뭉치면서 세상이 진동하는 듯했다.

강서준은 아랑곳 않고 말했다.

"넌 방법이 틀렸어."

"닥쳐……."

"희생은 결코 정답이 되지 못해."

"……닥치라고 했어!"

쿠콰카카카카카캉!

놈으로부터 발산된 기운이 바닥을 폭발시키면서, 강서준을 향해 다가왔다.

하지만 강서준은 그 공격을 정면으로 맞부딪치며 결코 입을 다물지 않았다.

"제레브. 넌 동생을 구하겠다고 전생을 반복해서는 안 됐어."

말했듯 제레브는 오답을 내놨다.

동생을 구하기 위해서 미래의 제물이 될 새로운 주요 인물을 가져다 바치겠다고?

다시 생각해도 웃기지도 않는다.

"그때 네가 했어야 하는 건 고작 그런 게 아니었어."

만약 그가 제레브와 똑같은 상황에 처했더라면, 과연 어떤 선택을 했을까.

무언가를 포기해야만 소중한 걸 지킬 수 있는 거지 같은 상황이었다면…….

강서준은 눈이 차갑게 빛났다.

"나라면…….”

거기까지 입을 열었을 때였다.

돌연 제레브의 몸 위로 검은 그림자가 마치 갑옷처럼 도포되기 시작했다.

"케이이이이이!"

[엘리트 몬스터 '마왕 제레브'로부터 '패러사이트'가 폭주합니다!]

별안간 포효하는 제레브의 앞으로 나타난 메시지.

'저건…….'

강서준은 미간을 좁히며 제레브의 몸에서 쏟아져 나온 그림자를 확인했다.

스멀스멀 올라온 그림자는 제레브의 몸을 뒤덮었고, 얼굴까지 가려 충혈된 눈만을 덩그러니 내보였다.

'……갑옷이라도 된 것 같군.'

근데 패러사이트는 그저 숙주의 몸에 기생하여 이를 조종하는 기생충이 아니었나?

이런 방식으로 운용될 거라는 생각은 못 했기에, 강서준은 약간의 긴장을 더했다.

그리고 오래 의문을 품지 않고 바로 궁금증을 해소하기로 마음먹었다.

마침 그에겐 방법도 있었으니.

"나와 봐."

강서준이 머뭇거리지 않고 도깨비 왕의 감투에 숨겨 둔 밀트를 소환해 냈다.

어차피 이매망량을 두르고 있었으니, 시스템의 눈을 피하는 건 일도 아니었다.

근데 녀석의 대답이 가관이다.

—……뭐야 저게?

"너도 몰라?"

—몰라. 기억이 안 나.

결론부터 말하자면, 제작자인 밀트조차 패러사이트의 현 형태에 대해서 알지 못한다는 것이다.

'뭐가 어떻게 되어 가는 건지.'

강서준이 생각을 정리하는 사이, 어느덧 제레브가 빠르게 치달으며 검을 휘둘러 왔다.

놈의 얼굴이 보였는데.

그 눈빛이 뭐라고 해야 하나.

'소름이 끼치는군.'

콰아아아앙!

[엘리트 몬스터 '마왕 제레브 : 패러사이트'가 스킬, '나태한 자의 말로 (L)'를 발동합니다.]

강서준은 뇌신을 극성으로 발동하며 나지막이 중얼거렸 다.

"……뭐, 이건 확실하겠지."

안 그래도 괴물 같던 제레브가 각성이라도 해 버린 모양이다.

콰아아아아아앙!

상황은 새로운 국면으로 접어들었다.

-끄아아아악!

패러사이트를 폭주시킨 제레브는 마치 각성이라도 한 듯 갑자기 강해졌고.

"강서준 씨!"

그에게도 다행히 훌륭한 조력자가 이쪽 전장으로 난입할 수 있게 되었다.

강서준은 휘둘러지는 제레브의 검격을 애써 튕겨 내며 거리를 훌쩍 벌렸다.

그리고 바로 달려들려는 제레브를 향해 수십 개의 마탄이 접어들며 접근을 방해했다.

"……최하나 씨?"

"같이 싸우죠."

"아르카나는요?"

"그쪽은 괜찮아요."

한창 아르카나와 컴퍼니를 견제하고 있어야 할 그녀가 어떻게 이곳에 왔을까.

강서준은 어느덧 본체로 현현하여 아르카나와 접전을 벌이는 파랑이를 보았다.

'용은 용이라 이건가.'

플레이어들이 '재앙의 탑'을 오르면서 일시적으로 그 수준이 높아지듯.

파랑이도 굉장히 강해졌다.

용케 혼자서도 아르카나와 컴퍼니를 상대로 전투가 가능할 정도였다.

물론 아직 정신체가 미숙하여 컨트롤 면에선 많이 부족하겠지만…….

'생각보다 괜찮네.'

그녀의 등에 앉은 안센과 유리나가 모자람 없이 그녀를 제어해 주고 있었다.

이곳까지 올라오면서 쉴 틈 없이 만든 안센의 각종 무구들도 대단히 빛을 발했다.

강서준은 그쪽을 일별하며 말했다.

"오래 버티진 못할 겁니다."

"알아요. 그러니 여길 더 빨리 정리해야겠죠?"

고개를 주억거리며 강서준은 최하나와 시선을 교차했다.

더 말을 이을 필요는 없었다.

오랫동안 함께 싸워 온 두 사람은 눈빛만으로도 어떻게 움직여야 하는지 잘 알았다.

전투는 금세 이어졌다.

투두두두두두!

한편 최하나가 쏘아 내는 견제사격을 뚫고 도달한 제레브는 악귀 같은 얼굴이었다.

눈빛엔 살기가 가득했고, 그림자의 주변으로 마기가 오오라처럼 피어났다.

콰아아아앙!

내리찍은 묵직한 일격에 강서준의 주변이 무너지고 땅은 수 미터는 내려앉았다.

'뇌신'을 발동한 상태에서도 모조리 버텨 낼 수 없을 정도의 강력한 충격.

그 힘만큼은 종전에 싸우고 있던 제레브와는 완전히 딴판이라는 게 느껴졌다.

투타타탕!

그리고 제레브가 강서준을 겨냥하는 사이, 그 빈틈으로 최하나의 마탄이 꽂혔다.

뒤통수, 허리, 목…… 각 부위별로 날리는 화려한 마탄 폭격이 시야를 어지럽혔다.

무려 S급으로 성장시킨 스킬은, 제레브에게도 상당히 위협적이어야 할 것이다.

하지만.

두우우웅!

그녀의 마탄은 바깥으로 흘러나온 그림자에 막혀 모조리 튕겨 나가고 말았다.

"무슨 방어력이······."

최하나가 아쉽다는 듯 중얼거렸고, 강서준은 제레브의 시선이 쏠린 틈을 노려 검을 휘두를 수 있었다.

[스킬, '뇌신(L)'을 발동합니다.]
[스킬, '공절(S+)'을 발동합니다.]

두우우웅.

문제는 그 일격마저 그림자에 의해 완전히 막혀 버렸다는 것이다.

'······더럽게 단단하네.'

강서준은 호흡을 가다듬으며 다시 달려드는 제레브의 공격을 회피했다.

한결 묵직해진 놈의 일격은 정면으로 받아치는 것보다 흘리거나 피하는 게 나았다.

그리고 뇌신이라면 놈의 공격 정도는 충분히 회피할······.

스거어억!

강서준은 창졸간에 허리를 베어 오는 검을 확인하며 급하게 몸을 비틀었다.

거짓말같이 제레브의 검이 갑자기 2배는 더 빨라진 것처럼 보인 것이다.

'속도가…… 갑자기 올라갔잖아?'

이 또한 폭주한 패러사이트의 영향일까. 허리를 얕게 베여 피가 흘러나왔다.

"강서준 씨!"

최하나가 '번 소울'를 발동하며 무자비한 마탄을 퍼부은 건 그때였다.

그녀가 영혼을 깎아 만든 총공격은 제아무리 제레브라 해도 쉽게 무시하기 어려웠을까?

놈의 그림자가 전면에 드리우며 최하나의 마탄을 막는 데에 일단 전념하는 눈치였다.

최하나가 자신의 영혼을 불태우는 견제 사격을 이어 나가며 조심스레 물었다.

"괜찮아요?"

"네. 괜찮습니다. 그보다…….."

강서준은 대충 둘러대며 최하나의 상태를 확인할 수 있었다.

안색은 새파랗고 입술엔 핏기가 사라진 몰골.

그녀도 한계에 다다른 듯했다.

'하기야 58층부터 여기까지…… 쉬지도 않고 달려왔으니.'

회복조차 제한되던 58층.

기껏 60층에 올라와 초재생을 되찾았다 해도, 평소와 같은 컨디션은 무리였다.

지금도 엄청난 무리를 한 거겠지.

하지만 강서준은 물어야 했다.

"저놈 더 붙잡을 수 있겠어요?"

"네?"

"1분…… 아니, 30초라도."

이에 최하나가 답했다.

"해 볼게요."

투타타타타탕!

최하나의 전신에서 엄청난 기세로 마력이 솟구치기 시작했다.

동시에 그녀의 머리맡으로 수백 개의 총이 생겨나고 있었다.

[플레이어 '최하나'가 스킬, '무한의 탄창(L)'를 발동합니다.]

마탄의 사수, 최종 오의.

무한의 탄창.

최하나가 드림 사이드 1에서 아끼고 아끼던 최후의 필살기였다.

저 스킬은 대체 언제 익힌 건지……

최하나는 푸른 불꽃을 마치 입김처럼 내뱉으며, 푸르게 불타는 눈으로 말했다.

"1분. 그 이상은 무리입니다."

순간적으로 일대가 폭발하고 제레브의 주변은 초토화되기 시작했다.

그 충격이 어찌나 강했을까.

조금 떨어진 위치에서 전투를 벌이던 아르카나나 파랑이에게도 영향이 미쳤다.

최하나의 마탄에 휩쓸린 아르카나가 괴로운 비명을 질렀고, 파랑이도 애써 마나 배리어를 두르며 하늘 높이 날아올랐다.

그리고 강서준은 마지막 준비에 들어섰다.

'마왕 제레브…… 패러사이트.'

안 그래도 뇌신에 맞먹는 힘을 가졌던 제레브가 패러사이트를 폭주시킨 건 밸런스 붕괴나 다름없었다.

날개를 달아 준 꼴.

막말로 뇌신과 맞먹는 공격력도 대단할뿐더러, 공절을 막아 내는 방어력도 뛰어났다.

심지어 속도도 한순간 강서준을 웃돌기도 했다.

'하지만 한계는 있어.'

종전에 부딪쳤던 전투를 상기하며, 강서준은 제레브의 상태를 눈여겨봤다.

놈이 갑자기 빨라졌을 때.

'다리 쪽의 그림자가 짙어졌어.'

정확히는 다른 부위의 그림자가 조금 옅어지면서 다리 쪽으로 그 흐름이 집중된 것이다.

'……스텟을 일괄적으로 상승시킨 게 아니야.'

즉 놈이 갑자기 강해지고, 한순간에 단단해지며, 속도도 그만큼 빨라진 데엔 적당한 이유가 있다.

애초에 모든 스텟이 상식을 벗어날 정도로 갑자기 강력해진다는 건 말이 안 된다.

설령 놈이 바이러스라 해도.

시스템이 뻔히 보고 있는 곳에서 그 정도의 조작질은 해내질 못할 것이다.

그렇다면 놈의 꼼수는 무얼까.

"부위별로 강화한 거였군."

그림자. 그러니까 패러사이트가 신체에 필요한 부분에만 힘을 집중시켜 그 효율을 극대화했다는 결론이 나온다.

지금도 정신없이 쏟아지는 최하나의 마탄을 막아 내느라 섣불리 움직이질 못하는 듯했다.

'그렇다면 공략법은……'

호흡을 가다듬은 강서준은 최하나의 마탄에 괴로워하는 제레브를 보았다.

최하나는 슬슬 화력이 떨어졌는지 심지가 다 떨어진 촛불처럼 휘청이고 있었다.

1분.

그녀는 정확히 1분 20초를 버텼다.

"이젠 저한테 맡겨요."

미리 소환해 둔 로켓이 최하나의 몸을 받아 들고, 푹신한 흙 침대 위에 그녀를 눕혔다.

강서준은 다시금 포효하는 제레브를 향해 대뜸 들고 있던 단검을 내던졌다.

[스킬, '이기어검술(S+)'을 발동합니다.]

나아간 두 개의 단검은 제레브의 양쪽으로 겨누었다.

핏빛을 일으키는 '재앙의 유성검'과 붉은 불꽃으로 점철된 '그랑의 어금니 단검'.

그리고 정면으로는 강서준이 히드라의 마검을 들고 태산 가르기를 준비했다.

'아직 부족해.'

정면으로 파이어볼 수십 개를 날려 대며 시간을 끌어 보려 했지만.

예상대로 제레브는 앞쪽부터 그림자를 집중시켜 불꽃을 막아 내고 있었다.

그리고 단검을 모조리 쳐 낸 제레브는 강서준의 태산 가르기를 막으려고 검을 겨누었다.

　하지만.

　채애앵!

　푸슈우욱!

　예상과 다른 결과가 나왔다.

　"끄으으윽……!"

　폭주한 제레브의 복부로 날카로운 창이 예리하게 꽂혀 있는 것이다.

　제레브가 당황스러운 눈을 떴다.

　"대체 언제……?"

　"놀라긴 일러. 이제 시작이니까."

　강서준은 금빛으로 눈을 물들이며 제레브의 전신을 빠르게 훑었다.

　움직임, 근육의 떨림, 그림자의 반경…… 온갖 정보들이 그의 눈으로 들어왔다.

　[스킬, '집중(S)'을 발동합니다.]

　그리고 확신했다.

　'더 빠르게 움직이면 돼.'

　놈의 그림자가 두터워진 곳일수록 '방어력'이 올라가거나 '공격력', '속력'이 올라가는 결과를 만들어 낸다.

또한 그 부위에 따라 성능과 차이도 달라지는 게 패러사이트의 가장 큰 특징.

그러니 방법은 간단하다.

'그림자의 속도를 뛰어넘는다.'

놈의 그림자가 섣불리 스텟을 인양하기도 전에…… 그림자 따위가 막을 수도 없는 방식으로.

'공격하면 돼.'

쿠우우웅!

묵직한 방패가 제레브의 공격을 막아 냈고, 방패 뒤에 숨었던 강서준은 메이스를 쥐어 놈의 턱주가리를 날렸다.

두우우웅!

안타깝게 막혀 버린 공격에도 강서준은 개의치 않았다.

'더, 더, 더 빠르게!'

오히려 템포를 올려 제레브를 향해 연신 공격을 이어 나갔다.

그리고 그 공격엔 정해진 무기나, 방식…… 그 어떤 것도 존재하지 않았다.

쿠우우웅!

방패로 후려쳐 상대를 밀어내고, 멀어진 거리를 이용하여 화살을 쏘아 낸다.

포물선으로 날아가는 화살의 특성을 이용하여 바로 접근하며 총구도 겨눴다.

총알과 화살이 동시에 접근했다.

그 뒤편으로는 다시 단검이 '이기어검술'로 놈의 발목을 노리며 날아갔고.

'더…… 빠르게!'

창, 검, 활…… 이용할 수 있는 모든 무기가 제레브의 사방을 점했다.

심지어 뇌신에 이은 분신까지 활용하니 강서준의 공격 속도는 상식을 초월하고 있었다.

"크으윽…… 네노오옴! 케이!"

숨 돌릴 틈이 없는 연쇄 공격.

결국 제레브의 그림자는 강서준의 속도를 따라오지 못하고 있었다.

그때 기묘한 감각도 느껴졌다.

[스킬, '위기 감지(A)'를 발동합니다.]
[스킬, '집중(S)'을 발동합니다.]

오직 적을 베어야겠다는 일념이 그의 머릿속에 가득 떠올랐기 때문일까?

강서준의 눈엔 새로운 풍경이 보였다.

'이건…….'

제레브의 몸이 순식간에 부풀고 그림자가 강서준의 몸을

뒤덮고 있었다.

부지불식간에 숙주를 변경해 그에게로 옮겨 타면서 반전
되는 일련의 상황.

그리고 다시 눈을 깜빡였을 때는 제레브의 모습은 부풀기
직전의 모습이었다.

즉, 방금 시야로 본 건.

'……미래.'

'위기 감지'는 그에게 다가올 위험을 미리 알려 준다.

어떻게 보면 '미래 예지'나 다름없는 스킬.

'과연 바꿀 수 없는 미래인가.'

거기까지 생각했을 때였다.

그는 알 수 있었다.

'아니, 바꿀 수 있다.'

그의 의지가 검을 움직였다.

그의 스킬이 이에 반응했다.

[스킬, '천'의 두 번째 묘리 '미래절(未來切)'을 이해했습니다.]

[스킬, '미래절(S)'을 습득했습니다.]

그는 다가오는 미래를 베기로 했다.

힘겹게 흙 침대에 널브러진 최하나는 거의 모든 체력을 쏟아부은 상태였다.

아마 오늘 잃은 스텟을 복구하려면 근 한 달은 던전에서 먹고 자야 하지 않을까?

물론 죽으면 모든 게 끝나는 일이다. 그깟 스텟 몇 개를 잃은 건 아까운 축에도 안 든다.

그보다…….

'강서준 씨.'

최하나의 시야엔 제레브를 향해 연달아 공격을 잇는 강서준이 보였다.

쿠콰카카카캉!

S급의 '매의 눈'이 아니었다면 그 움직임조차 제대로 포착하기 어려운 초고속의 전투.

감탄밖에 안 나오는 움직임은 멀리서 보기엔 그저 빠르게 번지는 빛처럼 느껴졌다.

'저 기술은…….'

그리고 왜 강서준이 느닷없이 시간을 끌어 달라고 했는지도 납득할 수 있었다.

모두 저 '기술'을 사용하기 위한, 준비 시간이 필요했던 거겠지.

최하나는 저도 모르게 주먹을 움켜쥐었다.

'저 모습을 다시 보게 될 줄이야.'

최하나의 눈엔 컴퓨터 모니터로 보았던 과거의 풍경이 절로 오버랩 되었다.

천외천…… 랭킹 1위의 케이.

그가 홀로 던전을 공략하고 드림 사이드의 최상위에 군림하던 시절.

S급의 용마저 그를 막을 수 없던, 말 그대로 '전신'이 따로 없었던 그때의 모습.

오직 케이만이 보여 주던 풍경이 그녀의 눈앞에 나지막이 아른거리고 있었다.

'손에 쥐는 모든 것이 무기였지.'

창, 검, 활, 총…… 마법.

케이는 그 어떤 종류의 무기도 제약을 받질 않았다. 그 덕인지 케이의 직업이 무언지 모르는 사람이 태반이었다.

검사일까? 궁수일까?

확실한 건 그에게 불가능이란 없었고, 그 어떤 무기를 쥐어도 괴물처럼 강했다는 것이다.

그리고 그 특징을 십분 활용한 기술이 바로 눈앞에서 펼쳐지는, 저 다채로운 전투법이었다.

'각종 무기를 순식간에 교환해 가며 상대를 농락하곤 했어.'

저 기술은, 당해 본 사람만이 어떤 느낌인지 명확하게 이해할 것이다. 최하나는 입술을 잘근 깨물었다.

일전에 드림 사이드 1에서 비무를 신청했을 때에 느꼈던 곤란함이 절로 떠오르고 있었다.

'칼을 휘두른 줄 알았는데 창이 솟구치고, 아래로는 단검, 위로는 화살…… 언제 마법이 터지고 총알이 날아올지 몰라.'

예측불허.

검격의 범위 밖이라고 생각했다면 어느덧 창이 그녀의 복부를 찔러 온다.

화살을 막는다고 생각하면 이미 근접한 메이스가 그녀의 턱을 노리고 있다.

전혀 예상할 수 없는 흐름이었다.

케이의 전투법은 그래서 무서웠고, 대처하기 까다로웠다.

최하나는 얕게 몸을 떨었다.

'그중 가장 놀라운 건…… 저 모든 일격이 내 필살기보다 강하다는 거겠지. 후우…….'

그리하여 질투는커녕 동경할 수밖에 없었던 드림 사이드 1의 유일무이한 플레이어.

상위 0.001%의 랭커.

'케이 님이 돌아온 거야.'

전성기의 그 모습으로.

[스킬, '미래절(S)'을 발동합니다.]

강서준은 검에 닿는 물리적인 충격에 약간의 소름을 느낄 수 있었다.

미래절(未來切).

이른바, 미래를 베는 검.

그의 검은 분명 허공을 베었지만, 실상 감각적으로 느껴지는 미래의 형상을 베어 내고 있었다.

절로 미간이 좁혀졌다.

'이건……'

머릿속으로 상황을 이해하려고 노력할 필요는 없었다.

곧 제레브의 몸에서 방금 전에 환상처럼 보았던 '미래'가 펼쳐지고 있었으니까.

놈의 몸이 순식간에 부풀어 오르고, 그림자는 강서준의 전신을 뒤덮었다.

부지불식간에 새로운 숙주로 옮기려는 패러사이트의 마지막 발악!

하지만.

스거어억!

장막이 갈라지며 패러사이트의 몸에 균열이 일었다.

강서준은 그 균열의 시작점을 볼 수 있었다.

"이것이 미래절……."

과거의 그가 벤 '허공'.

그리고 이젠 명확하게 베어진 패러사이트의 본체가 눈앞에 있었다.

모든 건 과거의 강서준이 베었고, 미래를 베는 검은 현재가 되었다.

"하하……."

강서준은 헛웃음을 지으며 단 일격에 허물어지는 패러사이트를 응시했다.

놈은 일말의 비명도 지르지 못했다. 아니, 지를 성대조차 가지지 못했다.

숙주를 옮겨 타는 타이밍에 당해 버린 공격이다.

제아무리 놈이라 해도 피할 수 없었다.

'생각해 보면 꽤 단순한 공격이야.'

머릿속으로는 '미래절'의 원리가 떠올랐다.

흐르는 구름은 어떻게 벨까.

아마 공간을 베는 것도 중요하겠지만, 구름의 흐름도 예측할 줄 알아야 할 것이다.

'즉 미리 공격하는 거야.'

언젠가 다가올 미래를 대비하여 그 자리에 검격을 먼저 박아 두는 스킬.

허공에 고정한 일격은, 필연적으로 진행되는 미래에 개입
한다.

"끄으으……."

한편 큰 타격을 입은 제레브는 괴로운 신음을 흘리며 죽은
피를 뱉어 냈다.

'나태한 자의 말로'를 무리하게 사용했고, 패러사이트로
인해 더더욱 그 진력을 쏟아 낸 부작용이었다.

아마 강서준이 뭘 더 하질 않더라도 그가 여기서 더 살아
날 가망은 없을 것이다.

"크헉……."

강서준은 말없이 이를 바라봤다.

'제레브. 나태한 왕…….'

그는 동생 '제이미'를 구하기 위해, 재건된 세계로 떠나질
않고 '드림 사이드'에 남았다.

오직 동생을 되찾으려는 기나긴 여정.

제레브는 수많은 세계를 마왕으로 전전하며 단 하나의 꿈
을 꾸며 살아온 존재였다.

강서준은 씁쓸한 눈을 했다.

"솔직히 난 널 죽이고 싶진 않아. 원한다면 널 살려 줄 용
의도 있어."

녀석의 과거를 알게 됐기 때문인지 마땅히 그를 죽여야만
하는 이유를 찾을 수 없었다.

엄연히 따지자면 그도 피해자다.

예전엔 세계를 구원하고자 선택했던 '용사'였고, '플레이어'이기도 했다.

그저 동생을 구하기 위해 '마왕'이 되어 버린 비운의 몬스터가 아닌가.

'거기다 패러사이트도 없어.'

제레브의 몸에 기생하던 패러사이트는 이미 소멸했고, 이미 패배한 그는 상층부로 올라갈 저력도 없었다.

'죽이지 않아도 막을 수 있어.'

무엇보다 강서준은 제레브가 이곳에서 죽기엔 너무나도 아깝다는 생각이 들었다.

과거의 모든 걸 알게 된 비운의 '마왕'은 그 영혼의 크기만큼이나 강한 '플레이어'가 될 수 있다.

하지만 곧.

오랫동안 침묵하던 '마왕 제레브의 반지'에서 미약한 빛이 흘러나왔다.

－잊었나? 넌 날 소멸시켜야 하는 의무가 있다.

"알아. 그런 계약이었지. 하지만 정말 네가 살기를 원한다면 난 계약을 이행하지 않을 거야."

진심이었다.

계약의 불이행에 대한 손해?

그까짓 거 받으면 그만이다. 어차피 현재의 강서준에겐 큰 대미지도 안 되니까.

기왕이면 그가 살았으면 했다.

강서준은 혀를 차며 입을 열었다.

"근데 넌 원치 않나 보군."

-그래. 난 소멸되고 싶어.

마왕 제레브의 반지에서 흘러나온 빛이 서서히 그저 신음하던 '제레브'의 몸으로 스며들었다.

천천히 고개를 드는 제레브.

그 눈빛은 종전까지 강서준과 혈혈단신으로 싸우던 녀석이 아니었다.

반지 속 제레브.

그가 한숨과 함께 말했다.

"제이미는 이미 소멸됐다."

"······역시."

"알고 있었나?"

"얼추 예상은 했어."

강서준은 혀를 차며 말했다.

"넌 처음부터 소멸을 원했잖아."

재앙의 탑을 오르기도 전.

후쿠오카의 던전 '저주받은 도시'에서 제레브는 강서준과 '소멸'을 두고 계약을 했다.

과오를 반복하려는 자신을 막아 달란 얘기도, 몸에 기생하는 패러사이트를 지워 달란 것도 아니다.

반드시 소멸시켜 줬으면 하는 계약.

모든 일이 끝나고 난 뒤에도 여전히 소멸을 원하는 제레브를 보고 나니 추측은 확신이 될 수밖에 없었다.

"그게 아니라면 넌 나에게 자신을 막아 달라거나, 패러사이트를 제거해 달란 계약을 했겠지."

"……."

"또는 제이미를 구해 달라고 했을 수도 있고."

제레브는 고개를 절레절레 저었다.

"당해 낼 수가 없군."

그리고 제레브는 회한에 젖은 눈으로 강서준을 올려다보더니 쓰게 웃으며 입을 열었다.

"이젠 너무 지쳤다. 아무것도 하기 싫어."

"……그게 마지막으로 남길 말이야?"

"뭐가 더 필요한가?"

나태하여 세상을 멸망 직전까지 가게 만들었던 서글픈 왕.

뒤늦게 반성하여 세계를 재건했지만, 결국 소중한 동생을 잃어야 했던 오빠.

끝까지 포기하지 않고 동생을 되찾으려 했던 마왕.

강서준은 검을 높이 들며 말했다.

"아니. 이제 그만 쉬어라."

나태왕이란 타이틀을 갖고 누구보다 부지런히 살아왔던

그의 마지막은.

꽤 후련한 미소를 머금고 있었다.

～❦～

이어서 제레브의 영혼까지 도깨비 왕의 수선 도구로 철저히 소멸시키기까지는 오랜 시간이 필요하지 않았다.

"일단 큰 산은 넘었는데……."

쿠콰카카카캉!

강서준은 여전히 떨리는 전장의 폭음을 마주했다.

패러사이트를 비롯한 제레브의 일은 끝났지만, 여전히 60층에서의 문제는 남아 있었다.

'고대의 신수 아르카나.'

그리고 컴퍼니.

강서준은 자신의 주변을 둘러싼 채로 무기를 겨눈 컴퍼니를 살펴봤다.

가면을 써서 무슨 표정인지 알 수 없는 놈들은 잔뜩 떨리는 목소리를 내고 있었다.

"거, 겁먹지 마라! 녀석은 지쳤어!"

"놈을 쓰러트리고 아르카나를 공략한다!"

"공겨어어어억!"

수십 명이 일제히 강서준의 목을 노리고 달려들었다.

옆에서 최하나가 거친 숨을 몰아쉬며 몸을 일으키려 했다.

"괜찮아요. 쉬어요."

최하나의 어깨를 눌러 다시 폭신한 흙 위로 앉힌 강서준은 천천히 몸을 돌렸다.

수십 명의 살기가 그에게 직접적으로 떨어지고 있었지만 두려움은 전혀 없었다.

강서준은 싸늘한 눈초리를 했다.

"내 상태가 정상은 아니라지만."

제레브가 '나태한 자의 말로'를 무리하게 사용한 대가로 죽음을 앞에 뒀듯.

강서준도 '뇌신'을 과하게 사용한 대가로 온몸이 무너지는 충격을 받고 있었다.

'초재생'이 극성으로 발동하지 않는다면 이미 골백번은 죽었어도 이상하지 않은 상태.

막말로 검을 한 번 휘두르는 것 자체가 현재로서는 부담이 되는 일이었다.

아무것도 하기 싫은 건 그도 마찬가지였다.

"근데 얘네는 아니거든."

"뭐, 뭣?"

달려들던 컴퍼니 앞으로 스멀스멀 푸른 빛깔이 번지기 시작했다.

그곳에 바로 생겨난 묵직한 형체.

[장비 '도깨비 왕의 반지'의 전용 스킬, '도깨비의 부름'을 발동합니다.]

강서준의 휘하에 있는 수많은 영혼 부대. 그리고 여태 감투 속에서 이를 갈던 백귀들.

"패러사이트에 감염되면 곤란해서 일부러 꺼내질 않았거든."

강서준은 씨익 웃으며 전장으로 난입하는 백귀들에게 나지막이 명을 내렸다.

"쓸어버려."

-우오오오오!

여태 참고만 있어야 했던 그의 영혼 부대는 물 만난 고기처럼 컴퍼니를 휩쓸기 시작했다.

특히 '라이칸'과 '오가닉'의 활약은 몹시 도드라졌다.

강서준과 마찬가지로 이곳까지 올라오면서 최대로 성장한 그들의 수준은 S급 중견은 쓰러트린다.

용과 1 대 1 대결도 할 것이다.

"왕께서 명령하셨다! 전부 살려 보내지 마라! 피의 연회를 시작하는 거다!"

"으으아아악! 악마다!"

"어딜 도망가시려고?"

"너, 너는…… 켈! 배신자 새……!"

알리의 악마 부대가 손속에 사정을 두지 않고 놈들의 몸을 피로 낭자했다.

도망치던 놈들은 정령화를 두른 켈에게 막혀 이도 저도 못하게 됐다.

"젠장…… 네놈들 뜻대로 끝날 것 같아? 이렇게 된 거 이판사판……!"

몇몇은 아예 분한 얼굴로 이판사판 뒤집어 볼 요량으로 '진백호'에게 달려들었다.

쿠우우우웅!

물론 소용없는 짓이다.

어느덧 눈을 뜬 진백호는 자유자재로 마력을 부릴 수 있었으니까.

제레브가 소멸한 현재 그를 막을 만한 플레이어는 그 어디에도 없다.

꽤나 일방적인 학살극이 사방에서 펼쳐지고 있었다.

그렇게 얼추 시간이 지날 즈음.

"그만 좀 놀고 이젠 돕지?"

틱 쏘는 음성이 강서준의 귀에 내리꽂혔다.

어지간히도 분했는지 브레스의 한 자락이 강서준의 앞으로 떨어지기도 했다.

콰아아아앙!

강서준은 아르카나를 홀로 상대하던 파랑이를 보면서 쓰

게 웃었다.

"지금 하려 했어."

60층을 완전히 정리할 시간이다.

결국 네가 들어오는군

60층.

상층으로 올라가기 위한 마지막 관문인 이곳은 유난히 공략하기 어려운 난이도의 층이다.

하물며 진이 빠진 상태로 '승급 몬스터'를 상대하는 게 어디 쉬운 일일까.

쿠우우웅!

하지만 수차례 폭격이라도 당한 듯 넝마가 된 아르카나의 몸이 고꾸라지고 있었다.

강서준은 긴 한숨을 뱉어 냈다.

"……깼다."

[60층 승급 몬스터 '고대의 신수 아르카나'를 처치했습니다!]

[축하합니다. '상층의 입장권'을 획득했습니다.]

[보상은 '61층'에서 지급됩니다.]

그리고 목표 달성을 축하하듯 빠르게 나열된 메시지.

일행은 이를 대충 흘겨보고는, 누가 먼저랄 것도 없이 바닥에 털썩 주저앉았다.

"죽는 줄 알았어요……."

오죽했으면 앓는 소리를 안 하던 최하나마저 끙끙댈까.

안셰나 유리나, 진백호까지 모두 힘이 쫙 빠진 얼굴로 축 늘어졌다.

이미 파랑이는 바닥에 꼬리를 늘어뜨린 채 손가락 하나 까딱하질 못했다.

"일단…… 좀 쉬죠."

강서준은 아예 인벤토리에서 간이 텐트를 꺼내어 적당한 휴식처를 만들어 냈다.

리오 리카온에게 받은 간이 텐트는 화장실부터 부엌에, 침실까지 딸린 호화 숙소였다.

갑자기 눈앞으로 튀어나온 커다란 텐트를 바라보던 진백호가 진땀을 흘리며 물었다.

"괘, 괜찮을까요?"

"뭘요?"

"쉬는 건 좋지만 이렇게 커다란 텐트면 몬스터들에게 어그로가 끌릴 수도……."

강서준은 어깨를 으쓱이며 진백호의 말을 잘라 먹었다.

"여기 60층입니다."

"네. 그러니까 더 위험할 수……."

"승급의 층이라고요."

무슨 말인지 이해하지 못하는 걸까? 잠시 가만히 그를 응시하고 있으려니 진백호도 골똘히 뭔가 고민하는 눈치였다.

잠시 고개를 갸웃하던 진백호는 이내 뭔가를 깨달았는지 멋쩍게 웃으며 입을 열었다.

"……여기 안전지대군요."

승급의 층은 오직 단 한 마리의 몬스터만이 등장하는 특징을 가졌다.

즉 아르카나를 사냥한 현재 이곳엔, 더 이상 다른 몬스터는 소환되지 않는다.

적어도 다음 도전자가 나타나기 전까지는…….

말하자면 여긴, 천연 안전지대.

게다가 제레브는 물론 패러사이트에 이어 컴퍼니마저 무너진 상황이다.

과연 그들을 위협할 게 있을까?

'만에 하나라도 잔당이 살아 있어 봤자 뭘 어쩐진 못해.'

[당신은 최초로 '60층'을 돌파했습니다.]
[칭호, '최초의 상층 개척자'를 획득했습니다.]

그 누구도 그들보다 먼저 상층의 이스터 에그를 차지할 수는 없을 테니까.

"마음 편히 쉬어도 좋아요."

그제야 긴장을 내려놓았을까.

진백호의 배에서 꼬르륵 소리가 크게 들려왔다. 마침 허기진 참이던 강서준도 피식 웃으며 입을 열었다.

"뭐라도 좀 먹을까요?"

그리하여 대대적으로 음식을 늘어놓고 굶주린 배부터 채우기로 한 일행. 적당히 자리를 잡고 앉으려니 최하나가 인벤토리에서 의외의 물건을 꺼냈다.

"한잔할래요?"

잘 익은 바비큐를 앞두고 최하나가 강서준의 옆에 앉으며 나지막이 입을 열었다.

"참고로 전 맥주 좋아해요."

"네?"

"그냥 그렇다고요."

기억하기론 분명 소주 광고 모델이던 그녀가 가진 뜻밖의 취향이었다.

다음 날.

때아닌 캠핑으로 꽤 유쾌한 시간을 보내던 강서준은, 아쉽지만 더 늘어지려야 늘어질 수 없는 상황에 직면해야 했다.

"누군 뼈 빠지게 고생하고 올라왔는데 너넨……."

패러사이트가 박멸된 이후로 어떻게든 정비를 마친 1차 원정대.

그리고 리카온 제국 쪽 일행이 무려 하루 만에 59층을 돌파한 것이다.

"나도석 씨. 고생 많았어요."

"그니까 너네 이게 다 뭐냐고!"

"와서 좀 쉬어요."

1차 원정대는 밤낮을 잊고 잠시도 쉬는 시간도 없이 59층 공략에 전념했더랬다.

어떻게든 빨리 60층으로 올라 위태로운 강서준 일행을 구해야 한다는 일념이랬다.

근데 막상 올라오니 보이는 건, 느긋하게 바비큐나 구워 먹는 모습이라니.

강서준이 말했다.

"차라리 잘된 거 아닙니까? 당장 죽을 위기에 처해서 허덕이는 꼴을 보고 싶진 않았잖아요."

"그야 그렇지만……."

"지쳤을 텐데 다들 이쪽으로 와요. 나머지는 밥 좀 먹으면서 애기를 하죠."

그리고 나도석을 제외한 다른 사람들은 의외로 쉽게 상황을 받아들이고 있었다.

"케이 님이시니까."

만사 케이 오케이.

케이라면 하늘의 달을 따왔다고 해도 믿을 수 있는 것이다.

한편 패러사이트로 조종당했던 링링은 언제 다 먹었는지 뼈만 무성한 바비큐를 흔들며 말했다.

"너도 참 너야."

"응?"

"듣기론 공략하는 데 하루도 안 걸렸다며? 무슨 마법을 부린 거야?"

강서준은 쓰게 웃으며 어깨를 으쓱했다. 링링이 신기하게 보는 이유도 알 만했다.

'점핑으로 이동한 놈들이 한둘이었어야 말이지.'

자고로 승급의 층은 해당 층에 진입한 인원의 수에 비례에서 그 강도가 올라간다.

즉 점핑으로 인해 올라온 인원이 수십이라면, 아르카나는 수십 명이 공략해야 할 정도의 수준으로 조정된다.

'그걸 다섯 명이 공략한 꼴이니⋯⋯.'

강서준은 느닷없이 올라간 난이도인데도 너무나도 **빠르게** 공략해 낸 것이다.

그리고 아이러니하지만 그 성과를 내는 데에 가장 큰 도움을 준 건, 소멸해 버린 '제레브'였다.

'미래절이 없었으면 힘들었겠지.'

미래절.

강서준은 천의 두 번째 묘리를 이해하면서 미래를 벨 수 있게 되었다.

그의 공격법이 천차만별 다양하게 바뀌고 더더욱 위협적이게 된 것이다.

'타이밍만 잘 노리면 아르카나에게도 치명타를 입힐 수 있었지.'

아르카나는 수시로 공격 패턴을 바꿔 대는 귀찮은 특성을 갖고 있었고.

패턴이 바뀌는 찰나의 순간만이 녀석에게 큰 대미지를 입힐 수 있는 기회였다.

문제는 공격이 들어가는 공간이 극히 한정적이었고 그 부분은 추측만으로 알 수 없단 건데.

'미래를 잠깐이라도 볼 수 있다면⋯⋯.'

제아무리 아르카나라고 해도 속수무책으로 치명타를 연달아 입을 수밖에 없다.

"저희도 왔습니다."

강서준은 다가오는 또 다른 인기척을 맞이할 수 있었다.

리트리하, 마일리, 지상수…….

부득불 적의 수하가 되고 말았던 천외천은 이젠 완전히 멀쩡한 모습이었다.

리카온 제국 측에서도 찾아왔는데, 그들도 더 이상 발작을 일으키지 않았다.

기억에도 손상이 있는 것처럼 보였던 킨 멜리도 크게 부작용은 없는 듯했다.

그들은 쌩쌩한 얼굴로 몇 번이나 감사 인사를 했는지 모른다.

새삼스럽게도 패러사이트가 완전히 박멸됐다는 사실이 체감되었다.

"근데 케이."

"응?"

"저건 뭐야?"

사람들과 해후를 나누던 강서준은 링링이 가리킨 방향을 살펴볼 수 있었다.

휴식처로 마련한 간이 텐트 옆으로는 상층으로 올라가는 두 개의 계단이 있었다.

"왜 두 개야?"

질문을 던진 링링은 무어라 대답을 하기도 전에 혼자 턱을 쓸더니 입을 열었다.

"설마 저게 이스터 에그야?"

재앙의 탑에 숨겨진 이스터 에그.

주요 인물과 함께 상층에 진입한다면, 세계를 복원할 수 있는 기회를 얻게 된다.

링링의 말마따나 지금 눈앞에 놓인 두 개의 계단 중 하나가 바로 그 이스터 에그였다.

그리고 계단의 앞에 선 링링은 그 앞으로 가로막는 메시지에 미간을 찌푸렸다.

['선택의 기로'는 승급 몬스터 처치의 '제1 공헌자'에 한하여 입장 기회가 주어집니다.]

['선택의 기로'는 '최초의 상층 개척자'에 한하여 입장할 수 있습니다.]

['선택의 기로'는 '주요 인물'에 한하여 개방됩니다.]

강서준은 짧게 혀를 찼다.

'……이러니 컴퍼니가 폐업했지.'

이스터 에그에 입장하려면 통과해야 할 까다로운 조건들.

이 조건들이야말로 컴퍼니나 리루르크가 누누이 말했던 '세계의 주도권'이라 할 수 있었다.

누구보다 강하고 빠른 공략을 해내는 최선두의 플레이어만이 가질 기회였으니까.

실제로 지난 채널에선 강서준이 '최초의 상층 개척자'의 칭호를 가지질 않았던가.

링링은 아쉬운 얼굴로 말했다.

"난 못 올라가겠네?"

"뭐, 그런 셈이지."

그리고 이번 채널도 결과는 같다.

강서준은 말없이 뒤이은 메시지를 확인했다.

[고대의 신수 아르카나 처치 : 제1 공헌자 – 강서준]

[최초의 상층 개척자 칭호 : 보유]

[!]

[주요 인물과 동반 입장 시 '선택의 기로'가 개방됩니다.]

이스터 에그의 입장 자격은 오직 '강서준'과 '주요 인물'에 한하여 가능했다.

꙳

적당히 휴식을 끝낸 일행은 상층 공략에 앞서 크게 두 개로 조를 나누기로 했다.

"우린 먼저 상층을 공략하고 있을게. 나머진 너에게 맡긴다?"

링링을 비롯한 1차 원정대의 대다수는 '재앙의 탑'을 마저 공략하기로 했다.

여긴 매일같이 재앙을 바깥으로 뽑아내는 아주 골칫덩이 같은 던전.

하루빨리 공략하는 게 이로웠다.

"그래. 나중에 보자."

그리고 강서준은 당연하게도 '진백호'와 '유리나'와 함께 이스터 에그로 향했다.

주요 인물은 사실 한 명만으로도 족했지만, 만에 하나를 대비해서 둘 모두를 데려가기로 했다.

'주요 인물이 두 명인 이유가 있을 테니까.'

어쩌면 제레브나 여타 다른 채널에서는 이스터 에그를 제대로 공략한 게 아닐 수 있었다.

단 한 명만을 데려간 전례……

그 때문에 '주요 인물'을 바쳐야만 세계를 복원시킬 수 있는 조건이 발생한 걸지도 모른다.

'확신하진 못하겠지만…….'

그래도 혹시 모르는 일이다.

"강서준 씨. 조심하세요."

"네. 우리도 나중에 보죠."

이미 60층을 공략한 최하나는 먼저 61층에 올라가 1차 원정대를 기다리기로 했다.

그녀와 안센만이 올라가는 거라 약간 걱정은 됐지만 파랑이도 붙여 놨으니 별일이 있을까 싶었다.

"그럼 갈까요?"

최하나를 일별한 강서준은 이젠 나아가야 할 계단을 올려다봤다.

약간 투명하던 유리 계단은 발을 디딜 때마다 무지갯빛으로 은은하게 빛났다.

천국으로 향하는 계단이라면 이런 모양은 아닐까. 머릿속으로 색다른 감상을 이었다.

문득 켈의 목소리가 들려왔다.

ㅡ드디어 여길 올라가 보는군요.

상층부의 이스터 에그.

컴퍼니의 오랜 숙원이자, 수많은 전생인이 오르고자 꿈을 꾸는 특별한 공간.

그러고 보면 켈은 왜 이곳을 오르고 싶었을까? 그도 제레브처럼 원하는 목표가 있는 걸까?

ㅡ모릅니다. 기억나지 않아요.

강서준은 쓰게 웃으며 앞을 바라봤다. 제레브의 경우가 특별한 것이다.

두 개의 영혼이 합쳐진 켈조차, 그의 영혼이 시작한 부분을 기억하진 못하니까.

왜 그들이 탑을 오르는지…….

어째서 이스터 에그에 들어가고 싶었는지.

–아마도 비슷한 이유겠죠.

세계를 재건하기 위해서.

또는 소중한 사람을 되찾기 위해서.

츠츠츠츳!

그리고 계단의 꼭대기에 마련된 통로 너머의 풍경은 생각보다 익숙했다.

"여긴……."

실제로 와 본 적은 없지만 기억에 있는 공간.

창밖에 보이는 드넓은 우주를 보면서 이루리가 나지막이 중얼거렸다.

–이스터 에그가 여기였어?

헛웃음이 나온다.

과거 '이루리'가 해킹을 통해 돌파해 냈던 시스템의 콘솔이 있던 장소.

그리고 강서준이 그녀의 무의식을 통해 미리 보았던 달 근처의 인공위성.

그곳이 바로 재앙의 탑 상층에 마련된 '이스터 에그'였다.

'하기야 시스템을 조작하려면 이스터 에그가 가장 가까운 공간이려나.'

물론 의문도 있다.

당시 이루리는 중층의 몬스터인 '재앙의 병사'에게 쫓기고 있었다.

또한 그녀의 무의식엔 '선택의 기로'와 같은 특수한 공간도 보이지 않았다.

잠시 생각을 잇던 강서준은 터무니없는 가설을 떠올릴 수 있었다.

'……설마 중층에서 해킹해서 들어온 건가.'

틀린 가설이 아닐지도 모른다.

그녀는 시스템 자체를 해킹하려 했던 전무후무한 천재 해커였으니까.

이루리라면 충분히 그럴 법했다.

"결국 네가 들어오는군."

한편 통로 끝에 다다르자 자동으로 열린 문 너머로, 누군가의 목소리가 들려왔다.

다음 권으로 이어집니다